Un chien pour Noël

Greg Kincaid

Un chien pour Noël

Traduit de l'anglais (États-Unis)
par Émilie Rofas

ÉDITIONS

ISBN : 978-2-915056-88-4

À mon épouse
qui m'a appris tant de choses,
et parmi elles et non des moindres,
la valeur d'un fidèle compagnon.

Prologue

Jake avait semblé se plaire chez les Conner, pourtant son départ ne les avait pas surpris. Ils habitaient la banlieue d'une ville en pleine expansion où les hectares réservés aux futurs lotissements étaient trop souvent le réceptacle de canettes de bière vides, de détritus de fast-food et d'animaux abandonnés. C'était de là que Jake était arrivé, affamé et en piteux état, et sans tatouage. Mr Conner l'avait trouvé étendu sur la véranda de derrière, sous le vent de début février qui faisait s'amonceler la neige dans l'allée de leur modeste maison de plain-pied. Sa femme et lui l'avaient nourri, lavé et fait vacciner, ils avaient collé des affiches « chien trouvé ». Puis ils avaient attendu – mais personne n'avait appelé.

Un vagabond comme Jake fonctionne différemment d'un animal acheté, s'étaient-ils mis en garde. Un vagabond comme Jake peut tout à fait repartir vagabonder.

Mais les semaines avaient passé et Jake était resté. Mr et Mrs Conner s'étaient étonnés qu'on ait voulu se débarrasser de lui. Certes, il était un peu vieux, comme l'avait confirmé le vétérinaire, mais c'était un des chiens les plus attachants qu'ils aient connus. D'un naturel plutôt vif, il aimait faire plaisir; il était bien dressé, savait s'asseoir, rester immobile et se rouler sur simple commande. C'était un bon compagnon, présent tout en restant discret, à l'esprit curieux et qui apprenait vite.

Jake était finalement resté tout l'été, durant lequel il avait gagné en poids et en assurance. Mais à l'arrivée de l'automne, ses forces retrouvées, il avait semblé fébrile, tel un pionnier du Far West impatient de posséder sa terre, et il avait commencé à s'éclipser la nuit, disparaissant plusieurs jours de suite, voire une semaine entière; chaque fois, il s'aventurait plus loin. Les Conner avaient essayé de lui opposer des clôtures, de l'attacher et même de l'enfermer la nuit, mais aucun lien n'était assez solide pour le retenir bien longtemps. Quand les premières gelées apparurent sur l'herbe encore verte et que la lune fut pleine, Jake abandonna les Conner pour embrasser sa destinée.

Naturellement, les spéculations allèrent bon train. Mr Conner plaça en tête de liste l'hypothèse selon laquelle Jake s'en était retourné chez lui, où que cela soit; Mrs Conner, elle, suggéra qu'il avait cédé aux charmes d'une femelle délurée ; quant aux grands enfants Conner, ils se demandèrent si Jake n'avait pas trouvé une famille avec des enfants pour jouer avec lui, à l'instar des leurs lorsqu'ils rendaient visite à leurs grands-parents le week-end.

Les premiers jours, en dépit de l'inquiétude, les Conner ne s'alarmèrent pas. Jake avait beau être un membre à part entière de la famille, ils se doutaient qu'il fonctionnait selon ses propres règles. Aussi, lorsque les jours se muèrent en semaines et les semaines en mois, son départ leur apparut-il naturel, et ils finirent par accepter son absence. Un vagabond peut repartir vagabonder, se rappelèrent-ils.

Lorsqu'il leur arrivait de penser à Jake, ils répétaient : « Il a des affaires privées à régler, il reviendra quand il sera prêt, si jamais il est prêt un jour ! »

Mais quand l'hiver arriva, Jake n'était plus qu'une vieille image jaunie dans la boîte à souvenirs familiale. Parfois, à table, on riait à l'évocation d'une anecdote le concernant, comme la fois où le voisin l'avait pourchassé jusqu'au milieu de l'allée pour récupérer un sac poubelle de dix kilos qu'il balançait fièrement entre ses mâchoires. Ou celle où il avait pris en chasse un lapin sur la mare gelée, tournoyant sur la glace tel un patineur olympique ; le lapin s'était arrêté pour l'observer d'un air goguenard et Jake, qui lui aussi avait dû trouver ça drôle, avait reculé d'un pas sur la glace pour réitérer le spectacle.

Au fur et à mesure des anecdotes, Mrs Conner se faisait silencieuse, ressentant dans son cœur le vide de son absence. Alors Mr Conner disait : « Passe-moi les pommes de terre, veux-tu ?... Je suis sûr qu'il va bien. »

Après son départ, Jake avait quitté la ville et la maison des Conner en direction de l'ouest. Sa vie de vagabond lui avait manqué : ne répondre à aucun ordre et jouir d'une liberté que peu avaient le courage d'assumer ; coucher à la belle étoile, sous les ponts, dans des caves, dans des champs à ciel ouvert, calé contre un tronc mort, ou bien sous la véranda d'une âme généreuse qui tolérait un clochard à l'arrière de sa maison. Certains auraient décrit sa nourriture comme inappropriée, mais il faisait ce qu'il devait pour s'alimenter. Pour y parvenir, il avait dû parfaire des instincts oubliés en ces temps modernes : savoir écouter, aiguiser son odorat et détecter des mouvements qui lui auraient été imperceptibles du temps de sa vie domestique.

Il chassait comme un animal sauvage. Il guettait. Il vagabondait. Sans jamais savoir pour combien de temps ni où cela le mènerait – il serait temps le moment venu.

Son instinct avait repris le dessus.

À l'image des oies, des saumons ou des papillons monarques, il se sentait irrésistiblement attiré vers un endroit bien déterminé.

Le danger était souvent présent. Il n'était pas rare qu'il traverse des quartiers peu accueillants où les habitants lui faisaient clairement sentir que les chiens dans son genre n'étaient pas les bienvenus. Craignant que la moindre gentillesse ne l'encourage et redoutant de ne plus pouvoir s'en débarrasser par la suite, on feignait de l'ignorer.

Parfois les signaux étaient plus ostensibles. Un jour, par exemple, un homme lui jeta une pierre, et un autre, un groupe de garçons en voiture qui l'avaient remarqué sur le bas-côté firent un écart dans sa direction, amusés de le voir bondir pour les éviter. Bien que sain et sauf, pour Jake le message était clair : il devait continuer sa route vers l'ouest.

Le royaume animal ne se montrait pas plus tendre à son égard : il s'était fait aboyer dessus par ses congénères, asperger par des moufettes, mordre par des tiques, et il s'était éraflé les flancs contre des buissons épineux. Malgré tout, il continuait d'avancer, certain que son voyage n'avait pas encore atteint son but.

Ces petites misères n'étaient cependant que des désagréments mineurs, comparées à son sentiment de satisfaction et de paix intérieure. En s'étirant le matin au réveil, il savourait la sensation de ses muscles fatigués; l'adversité était la saine patine de sa nouvelle vie. Rien ne contente mieux l'esprit de l'homme ou de l'animal que *d'être et de vivre en accord avec sa nature, bien que cette harmonie entre sens et existence soit rare à notre époque. Sauf pour Jake. Et encore plus ce fameux jour.*

Le soleil venait d'atteindre son zénith quand Jake fit une pause sur une butte boisée et se mit à observer un jeune homme en tennis rouge vif qui flânait sur la berge d'un cours d'eau, sautillant sans but d'un rocher à l'autre sur la surface à peine gelée de Kill Creek – baptisé ainsi par les Indiens de la région en référence explicite à la faune et à la flore abondantes qui vivaient et mouraient à ses abords.

En dépit d'une vague première impression de bien-être et de familiarité, Jake demeura prudent – quelque chose dans ce jeune homme le perturbait. Il attendit donc qu'il se soit éloigné avant de descendre tranquillement jusqu'au ruisseau où il s'abreuva longuement à l'eau fraîche. Divers parfums de fleurs sauvages, de foin, de vieux chêne, de mousse humide et de roche calcaire flottaient sur les berges, mêlés à une étrange odeur musquée qu'il ne parvenait pas à identifier. Il s'efforçait de l'isoler lorsqu'il perçut un bruit infime et fit volte-face, juste à temps pour voir une forme indistincte disparaître dans l'épaisse forêt de noyers, de chênes et d'arbres de Judée qui entourait Kill Creek.

Jake s'engagea dans les bois où l'odeur de musc se fit plus insistante. Quelques instants lui suffirent pour retrouver la piste de l'animal et faire le rapprochement : c'était un félin – un très gros félin; autant dire un combat qu'il ne souhaitait pas engager. Il n'attendrait donc pas le retour du jeune homme.

Dans le lointain résonnaient des bruits de moteurs de voitures, les sifflements d'un train, des aboiements, des tintements de cloches et des cris d'enfants dans une cour de récréation. Jake s'arrêta une dernière fois pour guetter le retour de l'homme aux chaussures rouge vif, puis il prit la direction des sons de la ville, espérant y trouver ce qu'il pensait chercher. Quelle que soit la chose qui l'attirait si irrésistiblement, elle se faisait de plus en plus impérieuse, et devenait surtout imminente.

Chapitre 1

Avec les années, j'ai tendance aujourd'hui à regarder davantage en arrière que vers l'avant, revisitant le passé en m'arrêtant sur les événements importants de ma vie. Je suis peut-être une exception, mais hormis les chagrins occasionnels qui nous affectent tous, je n'ai, en ce qui me concerne, aucune litanie de regrets à réciter et ne trouve, au contraire, qu'un répertoire de bons moments et de souvenirs agréables. Ces moments clés, nous en avons tous connus dans notre vie. Pour moi, ce furent des fêtes de Noël inoubliables.

De mes cinq enfants, trois garçons et une fille sont adultes et travaillent, bien qu'aucun d'entre eux ne réside bien loin de cette vieille ferme qui est notre maison depuis quatre générations. Ils viennent pour les vacances; passent pour dîner, demander conseil, emprunter des outils; pour s'asseoir au calme sous la véranda, les pieds posés sur la balustrade, et écouter les bruits de la ferme – les seuls qui nous réconfortent, même dans les pires moments. Tous ont grandi ici, sur cette terre acquise auprès des Indiens Blackfoot par mon arrière-arrière-grand-père. Au sud de la maison, d'ailleurs, un vaste peuplement d'iris a empiété sur un demi-hectare de forêt et cache désormais les ruines de sa cabane de pionnier. Cette ferme est peuplée de bons souvenirs.

Mary Ann, ma femme, enseigne l'anglais et l'art du débat au lycée de Crossing Trails où les quatre générations de la famille McCray ont étudié. Les deux dernières ont connu le luxe du ramassage scolaire ; les deux premières, elles, effectuaient les treize kilomètres du trajet à cheval – un assommant parcours dont elles nous relataient non sans fierté les détails.

Et puis il y a mon cadet, Todd. À l'époque de ce fameux Noël, il était en âge d'être indépendant et d'avoir un travail comme ses frères et sœur, mais l'immaturité qui allait de pair avec son handicap le maintenait à la maison avec sa mère et moi.

Physiquement, Todd ressemblait à n'importe quel jeune homme de vingt ans, mais sa façon de voir le monde lui était propre. Il suffisait de l'observer ou d'échanger à peine quelques mots avec lui pour s'apercevoir de sa différence. Avec les années, nous avions appris à tolérer les regards et les messes basses et à ne pas en faire cas. Nous aimions et acceptions notre fils tel qu'il était, ce petit dernier arrivé sur le tard, dix bonnes années après que nous pensions en avoir terminé avec les couches. Mary Ann, ma compagne depuis presque quarante ans, se fait sans arrêt du souci pour lui et attribue son état à sa grossesse tardive. Pour ma part, j'ai appris qu'à chaque déficience de Todd correspond une aptitude cachée.

Todd avait toujours les mains dans les poches et semblait ne jamais savoir quelle direction prendre quand il passait la porte. Ses vêtements étaient rarement accordés et ses cheveux, d'une couleur délavée, alternaient entre épis et bouclettes. Certains jours il passait la journée entière à observer un troupeau de moutons, d'autres il remontait le cours d'un ruisseau, découvert par hasard, à la recherche de sa source (il ne la trouvait jamais, mais ça ne l'empêchait pas de recommencer).

Todd avait, en outre, une passion pour la peinture et repeignait le moindre édifice qu'on lui montrait. Malheureusement, sa mère était convaincue qu'il était capable d'oublier qu'il se trouvait sur une échelle et craignait qu'il ne se blesse en faisant une chute, aussi la peinture était-elle soumise à une condition : interdiction formelle de grimper plus haut que le troisième barreau – d'où de nombreux chantiers inachevés.

Pour compléter ce trait singulier, nos voisins se réjouissaient de donner à Todd leurs vieux pots de peinture, si bien que notre ferme arborait des couleurs que d'autres, souvent à raison, avaient rejetées ; aussi généreux soit le geste, la conséquence n'en était certainement pas l'harmonie des tons ! Là encore, nous nous habituâmes aux regards des gens, et d'ailleurs, personne d'autre n'en riait plus que nous. Au début, nous considérions cette première couche comme un apprêt sur lequel nous repasserions un jour, mais comme souvent avec les aberrations visuelles, nous finissions par nous en accoutumer. Aux passants, nous annoncions fièrement que notre ferme était le site d'expérimentation de la société Todd Peinture.

Sauf pour les sujets qui le passionnaient, Todd n'était pas un grand bavard. En revanche, il sifflait – de mémoire et faux – chaque mélodie qu'il entendait à la radio, son inséparable camarade. Je devais continuellement lui demander de retirer ses écouteurs des oreilles pour pouvoir lui parler, et s'il s'exécutait volontiers, il ne le faisait spontanément que très rarement.

Au-delà de ces caractéristiques, ce qui définissait le plus la vie de Todd était sa relation avec les animaux : il les élevait, les cajolait, les prenait dans ses bras, riait avec eux, etc. Parce que je passe toute la journée dehors à m'occuper des bêtes, quand je rentre le soir, j'ai envie d'oublier le travail et évite donc d'avoir des animaux chez moi. Mais pour Todd, la moindre bête qui pouvait se transporter, tenir dans une cagette, une boîte ou une stalle, devait être ramenée dans l'étable ou le garage, ou bien, cas le plus courant, introduite en cachette dans sa chambre. Cela ne posait pas de problèmes avec les écureuils, les lapins et les oisillons, mais un peu plus avec les moufettes, les serpents ou les crapauds. Véritable capharnaüm, sa chambre servait de cache idéale à toute une variété d'invités indésirables.

En grandissant, Todd finit par comprendre qu'il fallait relâcher les animaux sauvages, que les garder était cruel. Seule une exception était faite pour les animaux blessés ou incapables de s'occuper d'eux-mêmes, de sorte que toute créature mutilée, estropiée ou perdue dans un des cinq comtés à la ronde finissait tôt ou tard par atterrir sous notre véranda.

Du fait du manque d'argent pour leur payer les soins du vétérinaire, Todd devint une sorte de soigneur lui-même, n'hésitant jamais à téléphoner aux gens pour leur demander leur aide. Je devais d'ailleurs souvent batailler pour le tenir éloigné du téléphone.

Lors de ces missions de sauvetage, sa patience sans limites et sa détermination expliquaient qu'on lui tourne rarement le dos sous prétexte d'être trop occupé. Non pas que les gens aient pitié de lui, au contraire, Todd faisait partie de ces personnes dont l'enthousiasme était contagieux. Avant même que vous ne le sachiez, ses besoins devenaient les vôtres.

Il commençait par appeler Jim Norton, notre vétérinaire, qui à son tour lui communiquait le numéro du ministère de l'Agriculture ou de l'Agence des parcs nationaux, selon que son dernier patient en date appartenait à une espèce qui marchait, grimpait, volait ou rampait. On pouvait entrer dans une pièce et le trouver au téléphone en train de discuter d'aile cassée avec un professeur d'ornithologie de l'université régionale, comme si la famine dans le monde et la physique quantique n'existaient plus le temps de régler cette priorité : le problème de l'oiseau de Todd !

Todd savait s'y prendre pour faire bouger les choses, et lorsqu'il le décidait, il fallait suspendre toute affaire séance tenante. Ce Noël-là, pourtant, je n'avais rien vu venir.

Un après-midi de début décembre, Todd entra en courant dans l'étable avec sa radio, essayant désespérément de griffonner un numéro de téléphone sur un bout de papier froissé.

— C'est pour un chien de Noël ! annonça-t-il en me tendant le papier.

— Du calme, Todd. De quoi parles-tu ?

— Le refuge pour animaux veut qu'on adopte un chien pour les vacances de Noël.

— Todd, le refuge veut toujours qu'on adopte un chien, ça fait partie de leur travail. Quoi qu'il en soit, nous n'avons pas besoin d'un autre animal ici, et surtout pas d'un chien.

Notre ferme s'en était passée pendant des années et je ne me sentais pas prêt à rompre cet arrangement. Cela ne s'était pas bien terminé avec les derniers chiens que j'avais laissés entrer dans ma vie, et j'étais résolu à ne pas renouveler l'expérience. J'avais dit non à ses frères et sœur durant vingt ans, je ne voyais aucune raison de revenir sur ma décision pour lui.

— C'est juste pour Noël, avança Todd sur un ton aussi ferme que possible. Après ça, tu pourras le ramener si tu veux. Ils ont beaucoup de chiens qui n'ont pas de maison.

Avec l'espoir qu'il oublierait toute cette histoire, je fourrai le bout de papier dans une poche de mon jean. Mais Todd insista, avec cet entêtement innocent mais usant, et pourtant si touchant, qui le caractérisait.

— Je peux les appeler, dis ? implora-t-il tandis que je m'éloignais.

— Todd, cela ne servira à rien, nous avons déjà eu cette discussion auparavant. Pas de chien à la ferme. Nous avons déjà suffisamment d'animaux à nous occuper, plus qu'il n'en faut. Maintenant, viens, nous avons du travail.

La déception se lisait sur son visage. Je décidai de lui laisser un peu de temps pour accepter la situation :

— Occupons-nous de nos corvées d'abord, nous en reparlerons peut-être après.

— Ce sera trop tard, le refuge sera fermé et il n'y aura plus aucun chien, geignit-il d'une voix tremblante, avant de baisser la tête et de buter le sol de la pointe de son grand pied.

Je le devinai au bord des larmes – dire non à Todd n'était jamais chose aisée.

Je sortis le mouchoir rouge que je gardais dans la poche centrale de ma salopette et essuyai la sueur de mon front. Comme tout un chacun, Todd acceptait mal d'être contrarié, et cette fois-ci il lui faudrait un peu de temps pour s'en remettre. Pour le distraire, je l'attrapai et lui frictionnai les cheveux de mes phalanges, sa tête coincée sous mon bras, jusqu'à ce qu'il éclate de rire. Alors seulement je relâchai mon étreinte.

— Allez viens, fis-je en le retenant par le col de sa veste, allons finir nos corvées, nous en rediscuterons ce soir. Ces chiens ne vont pas s'envoler, et si jamais c'était le cas, ce serait pour leur plus grand bien.

La routine des corvées débutait toujours par l'inspection des poulets puis d'un ou deux porcs et s'achevait au corral avec les vaches et leurs veaux. Notre rôle de fermiers consistait, bien entendu, à nourrir et à donner à boire au bétail mais aussi, et c'était un réflexe chez nous, à savoir jauger d'un coup d'œil l'état de santé de nos animaux. Prendre la température d'un poulet est une tâche impossible, tout comme deviner qu'une vache est malade alors qu'elle n'éternue pas. Il faut savoir sentir à leur comportement que quelque chose ne va pas.

Todd se glissa par la barrière de l'enclos et se mit à circuler librement au milieu du bétail, touchant et jaugeant chaque animal sur son passage. À l'inverse des chevaux, les vaches et les moutons sont moins bien domestiqués et n'apprécient guère en règle générale d'être palpés ou manipulés, ce qui rendait l'aptitude de Todd d'autant plus exceptionnelle. Je l'observai faire son inspection et me crier son compte rendu.

— Les jumeaux ont bonne mine !

— Ils en ont l'air, répondis-je.

— La vieille Queue Fourchue a maigri. Tu crois qu'on devrait la vermifuger à nouveau ?

— Sans doute, acquiesçai-je en préparant un mélange de maïs et de sorgho que je versai dans la longue mangeoire cylindrique en aluminium.

Des beuglements de veaux s'élevèrent, provoqués par la bousculade des vaches pour une place au premier rang. Devant le râtelier, il n'y a pas de manières qui tiennent : c'est la loi du plus fort.

Comme s'il venait de se rappeler quelque chose d'important, Todd s'arrêta net et, sans manifester la moindre trace de peur au beau milieu de cette bousculade d'animaux affamés, se fraya un chemin hors du corral. Arrivé à ma hauteur, il se posta à quinze centimètres de mon visage et se mit à me regarder fixement.

— Quoi ? demandai-je enfin, n'ayant aucune idée de ce qu'il avait en tête.

— Les vaches vont bien, papa.

— Oui, et alors ?

— Je peux appeler maintenant ?

— Todd Arthur McCray, en voilà assez avec cette histoire de chien, compris ?

Il fronça les sourcils et prit le chemin de la maison. Todd était un bon garçon, mais si jamais je ne donnais pas mon accord, ma décision lui serait difficile à accepter. Il me faudrait plus de temps cette fois-ci pour réfléchir ; je ne devais pas me laisser influencer par ma peur de le décevoir.

Pour tout dire, avoir un chien me manquait. Néanmoins, je considérais avoir de bonnes raisons d'être prudent. Bien sûr, Todd et sa mère seraient enchantés, mais je savais pertinemment qu'en les laissant ne serait-ce que lorgner vers un chien, l'animal serait le maître des lieux avant la fin de la journée et que je devrais alors me considérer chanceux d'avoir encore ma place à table. Je voyais déjà le chaos qui s'ensuivrait.

« Où est passé ton père, Todd ? Je crois bien que je ne l'ai pas vu depuis deux ou trois ans maintenant.

— Qu'est-ce que tu racontes, maman? Papa est toujours ici. Il a passé les deux derniers hivers sous la véranda à l'arrière de la maison. Tu sais bien, là où tu l'as mis toi-même après qu'on a pris le chien.

— Ah oui, je me souviens! Allez, va chercher le chien et viens manger, je vous ai fait des travers de porc de premier choix ce soir, tu sais à quel point Fido en raffole. Si jamais on ne les finit pas, tu iras déposer les restes sous la véranda pour ton père, et la prochaine fois que tu le verras, n'oublie pas de le saluer de ma part. »

Quand ce fut l'heure du dîner – ou du « souper », comme disait mon grand-père –, je pénétrai par la véranda sud dans le petit vestibule à l'arrière de la maison pour retirer mes bottes crottées et mon bleu de travail. Assis sur le banc de la pièce, j'entendais Todd et Mary Ann qui discutaient à la table de la cuisine. Todd faisait campagne auprès de sa mère et comme c'était à prévoir, il ne lui fallut pas longtemps pour la convaincre. Mary Ann eut toutefois le mérite de tenir au moins dix ou quinze secondes avant de me lâcher.

— Oui, Todd, je comprends pourquoi tu veux ce chien, et non, je ne comprends pas pourquoi il refuse. Comme tu l'as dit, ce n'est que pour une semaine, et ensuite on peut le ramener si ça ne marche pas. J'ai tout entendu à la radio et je trouve que ce serait faire une bonne action pour ces pauvres chiens.

— Je m'en occuperai bien, maman.

— Bien sûr que tu t'en occuperas bien, Todd, et ton père le sait parfaitement. Il va falloir le convaincre, c'est tout.

— Il y a une raison spéciale pour que je n'aie pas de chien ? demanda Todd.

— Aucune. Absolument aucune, répondit Mary Ann.

La discussion que j'avais prévu d'avoir avec Todd venait d'avoir lieu en mon absence. Notre foyer n'était pas une démocratie mais une dictature bienveillante : la reine Mary Ann s'était prononcée.

Je quittai mon banc et entrai dans la cuisine où, sitôt mes gants de cuir retirés et posés sur le plan de travail, je me mêlai à la conversation.

— Je sais qu'il y a de nombreuses raisons de donner sa chance à ce programme, mais je ne suis toujours pas convaincu que ce soit une bonne idée.

— La radio a dit que c'était une bonne idée, objecta Todd, indifférent à mes réserves.

— Je ne doute pas un instant que la radio pense que c'est une bonne idée, mais je voudrais quand même me renseigner par moi-même. Veux-tu bien m'en laisser le temps ?

— O.K., répondit-il sans conviction.

— C'est dur d'attendre, pas vrai ? ajoutai-je en lui adressant un sourire.

— J'ai hâte.

— Une urgence, c'est ça ?

Conscient que je le taquinais, Todd me rendit mon sourire.

— J'ai hâte, répéta-t-il.

— Le refuge est fermé ce soir. Croyez-vous que nous devrions appeler leur numéro d'urgence ou bien ta mère et toi pouvez patienter jusqu'à demain matin pour en discuter ?

Todd hésita, il était clair qu'il envisageait sérieusement l'option du numéro d'urgence.

— Todd ! m'exclamai-je.

Il considéra les choix qui s'offraient à lui et finit par donner sa réponse.

— J'imagine que ça peut attendre.

Le soir, après que Todd se fut couché, la discussion continua.

— Mary Ann, je suis prêt à envisager la question de ce programme de chien de Noël, mais j'ai besoin de plus d'informations, commençai-je avant de prendre une grande inspiration et de poursuivre sur un sujet plus délicat. Je n'ai pas apprécié la façon dont tu as agi avec Todd dans cette affaire.

— Je ne vois pas du tout de quoi tu parles, répondit-elle avec l'innocence d'un agneau – une manœuvre de diversion que le professeur en débat réservait aux rares occasions où elle savait avoir tort.

— J'avais besoin d'en parler moi-même avec Todd pour qu'on puisse avoir une discussion, qu'on trouve un arrangement ensemble.

— Et je vous ai empêchés d'avoir cette discussion ? demanda-t-elle en sachant parfaitement qu'elle éludait le véritable sujet.

— Le temps que j'arrive, toi et Todd étiez déjà en train de verser de la bouffe pour chiot dans une gamelle, et tu le sais très bien.

Je n'aimais pas me confronter à ma femme, mais j'étais convaincu d'être victime d'une injustice.

— George, de quoi parles-tu à la fin ? Je n'ai jamais fait ça. Je voulais seulement que Todd sache que je le comprenais. Admets simplement que tu ne sais pas lui dire « non » et je t'en prie, ne t'en prends pas à moi parce que tu es incapable de lui tenir tête.

Je m'aperçus qu'elle avait sournoisement changé d'angle d'attaque.

— Qu'entends-tu par là exactement ? demandai-je sur un ton accusateur.

— Je suis fatiguée, je vais me coucher. Peut-être pourrons-nous en parler plus calmement demain matin, je ne suis pas d'humeur à me faire crier dessus et accuser injustement.

Elle leva la tête d'un air dédaigneux et faussement indigné, puis quitta la pièce. Je connaissais ce numéro, mais cette fois-ci je ne comptais pas me laisser faire. Je la suivis au salon.

— Tu sais que j'ai raison, n'est-ce pas ?

— D'accord, j'ai peut-être cédé un peu vite, reconnut-elle, acculée.

— « Un peu vite », cinq secondes ? observai-je.

— J'ai essayé de tenir jusqu'à dix.

Elle changea alors encore une fois de tactique et exprima le fond de sa pensée.

— Oh, George, pourquoi ne laisses-tu pas simplement Todd prendre ce chien ?

— Tu sais très bien pourquoi, Mary Ann.

— Loin de moi l'idée de paraître insensible, mais cette triste histoire de chien remonte à longtemps maintenant. Crois-moi, ça te ferait du bien de tourner la page et de refaire un essai.

— Je vais y réfléchir, grommelai-je en partant m'asseoir dans un des fauteuils de la pièce voisine.

Le visage dans les mains, je tentai de me replonger dans des souvenirs que je n'aimais pas aborder : ceux de mes anciens chiens.

Lorsque j'avais douze ans, mon père fut tué dans un accident de tracteur et ses parents, mes grands-parents, vinrent habiter chez nous. Ne sachant quoi faire pour me consoler, mon grand-père rentra un jour à la maison avec un chiot setter irlandais, et c'est ainsi que je grandis avec le meilleur chien du monde : Tucker. Comme aucun autre enfant ne vivait aux alentours de la ferme, Tucker devint mon meilleur ami. Ensemble, nous partions à la chasse ou en exploration ; pas un lapin, pas un serpent à sonnette, pas un tétras des prairies, pas une caille ne nous échappait. Tucker et moi nous comprenions l'un l'autre. À sa façon, il m'aida à traverser ce qui sans lui aurait été une adolescence extrêmement solitaire.

Après mon baccalauréat en 1969, l'armée m'offrit un an de vacances tous frais payés au Vietnam. Devenu un vieillard, Tucker passa des mois à attendre patiemment mon retour sous la véranda, comme si j'allais rentrer d'une minute à l'autre de l'entraînement de football. Le 7 avril, ma grand-mère m'écrivit qu'il était mort sous la véranda, en train de m'attendre. Tucker me manqua, mais étant donné les circonstances, je n'eus pas d'autre choix que de prendre sur moi et de me concentrer pour rester en vie. Son collier et sa médaille sont toujours accrochés à un vieux clou dans l'étable.

En juin de cette même année, notre patrouille pénétra dans un village où la dernière créature encore vivante était un chien famélique de race indéterminée. Bien que cela soit contraire au règlement, je pris le chien et le gardai avec moi durant quatre mois, espérant qu'il comblerait le vide laissé par la disparition de Tucker et l'éloignement des miens. Il devint la mascotte officielle de la section et après avoir envisagé plusieurs appellations distinguées nous nous décidâmes pour « Good Charlie ». Il devint à son tour mon meilleur compagnon, l'être le plus gentil et le plus pur dans cette partie du monde où tout n'était que brutalité. Good Charlie me sauva la vie en marchant avant moi sur une mine, ce qui lui coûta la sienne.

Il me fallut très longtemps pour me remettre de la mort de Tucker, et encore plus peut-être de celle de Good Charlie. Certes, ils me manquaient, mais je crois aussi qu'ils étaient devenus pour moi des repères importants de ce voyage à travers les atroces souvenirs de guerre dont il est si difficile de se libérer. Aujourd'hui encore, je ne prononce jamais leurs noms, pas même devant Mary Ann. Les gens me prennent sûrement pour un de ces vieux ronchons qui détestent les chiens, mais la vérité n'est pas aussi tranchée.

À mon retour, je voulus laisser les souvenirs de chiens et d'armes de guerre en Asie, mais mon grand-père insista sur l'imprudence qu'il y avait à vivre dans une ferme sans fusil et me confia le sien : un Springfield M1903 datant de la Première Guerre mondiale, avec ses cinq cartouches 30-06, que je conservai enfoui tout au fond de mon armoire – bien que je sache comment le charger et m'en servir, j'espérais ne jamais en avoir besoin. Mes souvenirs de chiens, eux, furent enfouis bien plus profond, et je laisse à leurs interrogations les gens qui se demandent pourquoi il n'y en eut jamais à la ferme. Pour moi, un chien n'aurait fait que raviver un flot de pensées lugubres faites de deuils, de chagrins et de vies emportées.

Plongé dans mes pensées, je n'entendis pas Mary Ann entrer et eus un léger sursaut en sentant sa main se poser sur mon épaule.

– George ?

– Quoi ? demandai-je sans lever la tête.

– Je suis désolée. Laissons tomber cette histoire pour le moment. Je n'aurais pas dû te mettre dans cette position, c'était très indélicat de ma part.

Elle fit une pause et ajouta :

– Je vais dire à Todd que ce n'est pas possible cette année et qu'on verra ça l'année prochaine. D'ici là, tu seras peut-être prêt.

– Non, Mary Ann, objectai-je en lui prenant la main, c'est toi qui as raison. Cela fait presque quarante ans, c'est déjà trop. Il est temps de tourner la page.

– Tu en es sûr ?

– Oui, même s'il reste quelques points que je souhaiterais éclaircir.

– Comme lesquels ? demanda-t-elle, sans me brusquer.

– On ramène le chien à la fin de la période d'essai. C'est une expérience d'une semaine, un truc sympa pour les fêtes, mais ça s'arrête là.

– D'accord, George, c'est entendu. Le programme est fait ainsi après tout : si on souhaite rendre le chien, on peut.

– Je peux compter sur ton appui sur ce point ?

— Bien sûr que oui. Quoi d'autre ?

— Je veux que Todd assume ses responsabilités, que ce soit lui qui nourrisse et sorte le chien, pas toi ni moi. C'est d'ailleurs l'occasion idéale pour lui demander de ranger sa chambre. Pas de chambre rangée, pas de chien.

— Je suis d'accord, approuva-t-elle.

— Marché conclu ?

— Marché conclu.

J'étais prêt à tenter le coup, et m'être mis d'accord avec Mary Ann était un soulagement, même si nous avions appris depuis longtemps que tous les couples se disputent ou du moins se querellent de temps à autre. Mary Ann dit souvent que ce n'est pas le conflit lui-même mais le conflit non résolu qui cause les problèmes au sein du mariage, ou dans la vie en général.

Mary Ann est fille de banquier, et je me demande souvent si le fait d'avoir toujours eu ce qu'elle désirait enfant n'explique pas sa difficulté à dire non à Todd. J'étais au Vietnam lorsqu'elle fut reçue à son examen de professeur à l'université d'État du Kansas. Entre deux devoirs à corriger, elle m'écrivait tous les jours, et quand l'estropié que j'étais devenu fut de retour, elle était quand même prête à m'épouser. « Tout ce qui t'intéresse, c'est ma pension d'invalide, avais-je ironisé.

— Dans ce cas, George, considérons que nous sommes quittes, avait-elle répondu.

– Comment ça ?

– Parce que tout ce qui t'intéresse, c'est mon salaire d'enseignante. »

Je n'ai jamais douté de la loyauté de Mary Ann. Elle me promit d'être la meilleure épouse et la meilleure mère qui soit, et elle n'a jamais failli. Cependant, nous ne partagions pas toujours le même point de vue lorsqu'il s'agissait de Todd.

Ce Noël allait nous en apporter la preuve.

Chapitre 2

Le matin suivant, Todd était prêt plus tôt qu'à l'accoutumée et attendait déjà dans la cuisine, contenant difficilement son excitation. Le petit déjeuner pris, nous traversâmes le corral en direction de l'étable où je pris le petit papier avec le numéro de téléphone et décrochai le poste suspendu au mur sud. De là, je pouvais téléphoner au refuge sans risquer l'intervention de l'expert en débat de Crossing Trails.

Des centaines de motifs de ne pas passer cet appel se bousculaient dans ma tête, mais je composai malgré tout le numéro en faisant de mon mieux pour les ignorer toutes. Quelque part au fond de moi, je savais que Todd et Mary Ann avaient raison; aussi pénible que cela puisse me paraître, vivre une semaine avec un chien dans la maison n'allait pas me tuer.

La vie avec Todd n'était pas simple. Chaque jour, nous avions l'impression de devoir choisir entre lui rendre la vie plus facile ou accepter de ne pas avoir le pouvoir de changer le monde. Le choix n'était pas toujours évident, comme pour ce chien de Noël par exemple.

L'arrivée tardive de Todd dans nos vies n'était pas pour nous faciliter la tâche. Chaque médecin que nous avions consulté avait émis un diagnostic différent. J'imagine que la plupart répugnaient à nous annoncer que Todd était légèrement attardé – un mot à la sonorité déplaisante que personne n'aime prononcer –, si bien que nous entendîmes « autisme », « difficultés d'apprentissage », « attaque cérébrale prénatale », « retard du développement », « épilepsie », et bien d'autres choses encore. En résumé, Todd n'était pas très évolué. Mais le vrai diagnostic importait peu finalement, car tous s'accordaient sur un point : l'état de notre enfant ne progresserait jamais.

Certes, Todd ne brillait pas au T-ball[1], au football et aux concours d'orthographe, mais nous l'aimions et l'acceptions tel qu'il était, alors quelle importance ? Il avait besoin de nous, et nous de lui – peut-être même plus encore.

Todd enrichissait nos vies de multiples façons en nous enseignant, à travers d'innombrables petites leçons de vie quotidienne, la bonté, la tolérance, la patience. Nous prîmes conscience du cadeau précieux qu'il était pour nous.

---

1. Le *T-ball* ou *Tee-ball* est un sport pour enfants de 4 à 8 ans destiné à les initier à la pratique du baseball.

À sa naissance, nous avions fait le serment de ne jamais laisser des arguments comme « Je suis fatigué » ou « Je suis trop vieux » nous empêcher de répondre à ses besoins. Je tâchai de me remémorer ce serment en composant le numéro.

— Refuge pour animaux du comté de Cherokee, Hayley à l'appareil, répondit-on à l'autre bout du fil.

Il devait s'agir de Hayley Donaldson, une ancienne élève de Mary Ann qui avait aussi été une camarade de classe de notre fille.

Je m'éclaircis la voix – une façon de ramener mes pensées à la conversation en cours.

— Hayley, c'est George McCray. Mon fils Todd est intéressé par une annonce qu'il a entendue à la radio à propos d'une histoire de chien de Noël.

— Ah oui, vous êtes le père de Hannah, c'est ça ?

— C'est bien ça.

— En quoi puis-je vous renseigner ?

— Todd m'a déjà fourni quelques détails, mais je voudrais m'assurer qu'il a bien compris, précisai-je en regardant mon fils dont le visage rayonnait.

Mon cœur se gonfla de le voir aussi heureux, mais je sentais déjà le malaise me gagner à la pensée d'un chien chez moi.

— Durant les fêtes de Noël, nous avons tous envie de faire plaisir aux autres, commença

Hayley. Au refuge, nous offrons aux amoureux des bêtes l'opportunité d'étendre cet esprit de Noël aux animaux. Vous passez quand vous voulez à partir du 18 décembre et choisissez votre chien. Vous le gardez jusqu'au 26 minimum, mais nous ne sommes pas à cheval sur les dates. Notre priorité, c'est que le programme « Un foyer pour Noël » fonctionne et que votre famille passe de bonnes fêtes avec un de nos chiens. Vous vous occupez de le nourrir et de lui prodiguer de l'attention pendant une semaine, et puis vous le ramenez. Autrement, vous comprenez, les chiens passent les fêtes enfermés dans des cages en fer de deux mètres carrés, et à cette époque de l'année, avec le personnel en congé, c'est à peine si nous avons le temps de leur donner une caresse sur la tête.

— Vous me confirmez qu'il n'y a aucune obligation de garder le chien ensuite ? demandai-je en élevant légèrement la voix à l'attention de Todd.

— Absolument aucune.

— Avez-vous trouvé suffisamment de volontaires ?

Je m'aperçus aussitôt de l'absurdité de ma question.

— Non, M. McCray, il n'y en a jamais assez, vous savez. Nous avons toujours plus de chiens que de foyers généreux pour les accueillir.

Notre famille était une bonne candidate, j'en avais conscience, mais trop de questions résonnaient encore dans ma tête : et si ce n'était qu'une manœuvre des employés du refuge pour s'offrir quelques jours de congé ? Comment les chiens pouvaient-ils donc savoir que c'était Noël ? Ces vacances n'étaient-elles pas réservées aux humains ? Et le sentiment de culpabilité en ramenant l'animal ? Todd serait-il en mesure de comprendre et d'accepter la nature provisoire du programme ?

Pour finir, j'inspirai profondément et, fait rare, décidai d'avoir confiance en l'avenir – je n'ai jamais été de ceux qui croient que l'enfer est pavé de bonnes intentions, bien au contraire.

— Nous viendrons faire un tour, conclus-je en réprimant un soupir.

— Formidable ! Si jamais vous décidez de prendre un chien, il y aura des papiers à remplir, mais comme nous connaissons votre famille, ce ne sera qu'une simple formalité.

— Merci Hayley, à dans quinze jours.

De toute évidence, Todd était satisfait de l'appel. Il sourit, hocha la tête, puis sortit de l'étable pour retourner à sa dernière tentative en date d'une longue série d'expériences rigoureuses sur le degré d'adhésion de la peinture en décembre. Après sept années d'expérimentation la société Todd Peinture, comme nous l'appelions, n'allait pas tarder à révéler au public les conclusions saisissantes de ses recherches : la peinture n'adhère pas ni ne se vaporise particulièrement bien à l'extérieur par temps de gel !

Au mépris de ces résultats, il y avait toutefois un projet particulier que je souhaitais confier à Todd cette année-là, en guise de cadeau de Noël pour sa mère : repeindre la porte de l'étable aux couleurs de Noël avec des bandes rouges, blanches et vertes.

Il faisait déjà froid pour un début décembre et il était tombé une quantité inhabituelle de neige. Dans mon esprit, l'hiver a toujours été associé à de bons souvenirs. Mon grand-père occupait un poste important dans le comté de Cherokee : c'était le conducteur du pelleteur mécanique du comté – un engin plus communément appelé « pelleteuse » de nos jours – qui lui avait d'ailleurs octroyé le titre de « pelleteur du comté », un titre presque aussi honorifique que celui de « M. le juge ». Les premières années, le pelleteur était tiré par deux chevaux de trait, Dick et Doc, royalement installés dans deux gigantesques boxes de notre étable, puis le comté avait fait l'acquisition d'une pelleteuse à moteur diesel, plus fiable.

C'était donc à mon grand-père qu'incombait la charge de niveler les routes en gravier l'été et de dégager la neige l'hiver. Lorsque j'étais petit garçon, une tempête de neige mettait la famille sur le pied de guerre en un temps record. Ma grand-mère s'empressait de préparer du café qu'elle versait dans un vieux Thermos; en humant cette odeur de café frais d'avant l'aube, je savais instantanément que c'était un jour de neige. Ma grand-mère remplissait ensuite un sac de sandwichs et de cookies, assez pour assurer à mon grand-père plusieurs repas d'affilée.

Au cœur de la nuit, Bo McCray démarrait son vieux pelleteur. Celui-ci pétaradait avec force, comme pour défier la neige, puis il se mettait à cracher des sphères d'étincelles dans l'obscurité neigeuse du ciel, tel un formidable titan s'éveillant d'un sommeil abyssal et séculaire. Le son de ce mammouth revenant à la vie m'émerveillait. Le moteur se mettait finalement à ronronner et j'entendais mon grand-père sortir de l'allée, le pelleteur prenant la direction de la ville, vers l'est. Je l'écoutais s'éloigner jusqu'au bout, visualisant dans ma tête la neige déblayée sans efforts. C'est un de ces souvenirs d'enfance typiques où les adultes nous font l'impression de géants dotés de compétences et de pouvoirs phénoménaux.

Au bout d'un moment, le ronflement de la pelleteuse disparaissait dans la nuit et, satisfait de savoir mon grand-père en train de déblayer toute cette neige, je me pelotonnais sous mes draps de flanelle et mes couvertures en laine car la chaleur du poêle à bois n'arrivait pas jusqu'aux pièces périphériques de la maison où les enfants étaient relégués. Un verre d'eau posé sur ma table de chevet avait de fortes chances de contenir des glaçons au petit matin, mais peu m'importait au fond : je savais que les routes étaient dégagées. En outre, chaque jour de neige offrait d'infinies possibilités, y compris celle plus que probable de la fermeture de l'école, toujours décidée après consultation des professeurs avec mon grand-père – qui avait la gentillesse de me demander mon avis au préalable.

Il arrivait que grand-père McCray passe vingt-quatre, voire trente-six heures de suite à dégager la neige. Quand la fatigue le gagnait, mon père grimpait sur la pelleteuse et le remplaçait – comme je le fis en grandissant, après la mort de ce dernier. J'affectionnais cette sensation de déblayer la neige, mais aussi l'admiration considérable que cela me valait de la part de nos voisins.

À leur réveil, les personnes âgées, pauvres ou malades pouvaient elles aussi avoir la chance de trouver leur allée dégagée – un court détour par les quartiers défavorisés que le comté, qui soutenait mon grand-père, pouvait se permettre.

La vie du comté dépendait de lui. Beaucoup de foyers n'avaient pas le téléphone en cas d'urgence; quant au peu de lignes en place, elles n'étaient pas fiables et fréquemment coupées par mauvais temps. Si ce n'était le déblayage des routes, l'isolement aurait été extrême.

Avec la période des fêtes, nous devenions les gens les plus populaires du comté de Cherokee. Le dimanche précédant Noël, aux environs de 16 heures, ma mère et ma grand-mère préparaient une grosse marmite de ragoût d'huîtres ainsi qu'un énorme saladier de purée et elles cuisaient un jambon. Tante Elizabeth apportait ses fameux roulés à la cannelle et sa tourte aux cerises que mes cousins et moi nous disputions tel un trésor.

Le soir, vers 19 heures, les voisins passaient nous témoigner leur gratitude en nous apportant des biscuits de Noël, des cadeaux ou des décorations maison à accrocher dans le sapin. Leur venue étant attendue, ma mère – et aujourd'hui Mary Ann – transformait la maison en atelier régional du Père Noël. Les décorations offertes occupaient la moitié du sous-sol et personne, hier comme aujourd'hui encore, n'aurait pensé jeter la moindre branche de houx desséchée; chaque ornement avait gagné sa place. À tort ou à raison, nous pensions que chacun de nos voisins ou amis serait attentif à ce que son présent fasse partie de notre décor.

Au fil des années, les gens ne vinrent plus pour remercier mon grand-père mais pour admirer la diversité des décorations de Noël accumulées par plusieurs générations de McCray. Notre maison était devenue un musée des trésors de Noël, passés et présents. Le dîner de famille et les visites du dernier dimanche faisaient désormais partie de la tradition locale.

J'avais toujours été celui qui s'occupait des guirlandes lumineuses, mais cette année-là, Todd me servait d'assistant. Étant bien entendu interdit d'échelle, il se tenait en dessous de moi, ses écouteurs dans les oreilles sous son bonnet à pompon, et me tendait les guirlandes. Tandis que je les accrochais sur la maison, le soleil jouait à cache-cache avec les nuages et de petits flocons de neige solitaires voletaient par terre. Notre maison avait beau être de taille modeste, deux bonnes heures étaient toujours nécessaires pour tout suspendre.

Quand Todd et moi eûmes terminé dehors, il nous fallut descendre au sous-sol et opérer plusieurs allers-retours pour remonter tous les cartons de décorations. Ma femme étant quelqu'un de très organisé, chaque boîte portait l'étiquette de son lieu de destination. Pour

Todd, c'était comme redécouvrir des jouets oubliés.

Au cours des semaines suivantes, Mary Ann passerait des heures avec Todd à lui raconter le récit de notre trésor familial et à en parer notre maison.

Chapitre 3

Avec l'approche des fêtes, le sujet du chien de Noël devint une sorte de jeu entre Todd et moi.

— Nous allons chercher le chien le 18, et quand est-ce qu'on le ramène, Todd ?

— Le chien repart le 26.

— Et quand est-ce que Noël se termine ?

— Noël se termine le 26, papa, et c'est à ce moment-là que le chien repart au refuge.

— C'est bien, mon garçon, conclus-je en lui passant le bras autour de l'épaule. On va bien s'amuser avec ce chien de Noël, pas vrai ?

Débordé par la décoration de la maison avec sa mère et par le nettoyage de sa chambre, Todd ne fut pas mécontent de voir la semaine de Noël arriver. Je profitai quant à moi de capter son attention pour le faire nettoyer toujours plus, de sorte qu'il jeta au moins six grands sacs poubelles d'ordures. Ni sa mère ni moi ne nous risquâmes toutefois à en inspecter le contenu, par peur de ce qui rôdait dans les recoins sombres de cette chambre. Todd y consacra au moins deux journées entières. Lorsqu'il jugea que la pièce était propre, nous lui fîmes laver le sol et lessiver les murs à l'eau tiède et au savon : qui pouvait savoir quand se représenterait une nouvelle occasion d'exiger un tel niveau de propreté ?

Tandis que je le regardais s'activer depuis la porte de la chambre, j'entendis Mary Ann plaisanter au téléphone avec une de ses collègues du lycée.

– Je n'aurais jamais cru voir cette chambre aussi propre un jour ! Personne n'a été si prolifique depuis que le Seigneur a nourri cinq mille hommes avec cinq pains et deux poissons ! Avec un seul emballage de bonbon, vide, Todd est capable, en deux heures, de remplir un sac entier d'ordures. Ce garçon réussirait à créer le chaos dans une pièce qui ne serait qu'air et lumière.

– Tout est propre, annonça Todd en agitant un chiffon en l'air pour signaler qu'il avait terminé.

Tandis que je faisais un tour d'inspection avec de petits grommellements d'approbation, je pris mon courage à deux mains et risquai un œil sous le lit. À ma grande surprise, tout était propre.

– Cette chambre est prête pour accueillir un chien de Noël, déclarai-je.

Todd acquiesça d'un sourire et je partis me remettre au travail dehors.

Cela faisait deux semaines qu'il spéculait sur la race, la taille et la forme du chien qu'il voulait adopter – l'occasion pour nous deux de tourner la chose en dérision, pour mon plus grand plaisir.

— Je crois que j'en veux un gros, dit-il.

— Ah bon ?

— Gros comme un éléphant, précisa-t-il en déployant les bras au maximum – une largeur qui dépassait à peine celle de son sourire.

— Un éléphant se sentirait vraiment à l'aise dans ta chambre, répondis-je. Les éléphants adorent la jungle.

— Ce n'est plus une jungle, papa, ma chambre est propre maintenant.

— Vu tout ce que tu as jeté, il y a peut-être même de la place pour deux éléphants. Crois-tu que l'on devrait appeler le zoo pour savoir s'ils n'ont pas un programme similaire pour les éléphants ?

— Papa, je n'ai pas envie d'un éléphant.

— Seulement d'un gros chien, c'est ça ?

— Évidemment, je pourrais en prendre trois petits à la place d'un gros.

— Oui, c'est une idée, avançai-je. Soit un gros chien pendant une semaine, soit trois petits chiens pendant un jour chacun.

Todd prit quelques secondes pour faire le calcul.

— Non, je crois qu'il vaut mieux une semaine avec un gros chien, conclut-il en souriant.

Les nuits précédant le 18 décembre, Todd ne dut pas beaucoup dormir, car lorsque le jour J arriva enfin, il m'attendait à la table de la cuisine, habillé et fin prêt pour le départ. Je fis mon apparition en peignoir et pantoufles, la tête enroulée d'une serviette – un spectacle inhabituel pour Todd.

— Mary Ann, fis-je d'une petite voix souffreteuse, j'ai un mal de tête épouvantable, je dois couver une pneumonie. Il vaudrait mieux que je reste au lit aujourd'hui. Espérons que je sois rétabli pour les plantations du printemps. En attendant, toi et Todd allez devoir vous occuper des corvées à ma place.

— Oh, George, lança Mary Ann, les poings sur les hanches, cesse de tourmenter ce petit ! Remonte te changer immédiatement !

— Je souffre trop, Mary Ann, continuai-je en faisant mine de renifler et de ravaler quelques larmes de douleur, je ne crois pas avoir la force de marcher.

J'entrai dans le salon en chancelant et m'effondrai sur le canapé, inconscient. Pour compléter l'effet, je levai ma jambe valide en l'air, puis au terme d'une ultime secousse et d'un dernier battement de paupières, mes bras retombèrent inertes sur le sol. J'étais mort.

Mary Ann décida de me prendre à mon propre jeu.

— Puisque tu es si malade, George, fit-elle en m'arrachant ma serviette de la tête, c'est peut-être l'occasion idéale pour Todd de s'entraîner à conduire la camionnette tout seul. Peux-tu nous passer les clés, s'il te plaît ?

— Je me sens beaucoup mieux! m'exclamai-je, subitement ressuscité. Tout ce qu'il me faut à présent, c'est un solide et copieux petit déjeuner !

— Dans ce cas, viens t'asseoir et mange avant que ça ne refroidisse, ordonna-t-elle.

Une fois à table, je me rappelai mes bonnes manières et commentai chaque bouchée.

— Mmmm, Mary Ann, ce sont les meilleurs pancakes que tu aies jamais faits. Est-ce qu'il y en a une deuxième fournée? Une troisième, peut-être ?

— C'est la même recette depuis des années, George. Mange et tais-toi.

— Et le café, c'est le même aussi? Parce qu'il est délicieux, pas de doute.

— Oui, et c'est pareil avec ce pied, rétorqua-t-elle en levant un pied menaçant. Vous avez envie de refaire connaissance, peut-être ?

Je me tournai aussitôt vers Todd qui avait conservé son manteau, son chapeau et ses gants durant tout le repas.

— Prêt, fiston ?

— Oui, je suis prêt.

— Dans ce cas, qu'est-ce qu'on fait encore dans cette cuisine à bavasser avec ta mère ? Des choses importantes nous attendent ! Aujourd'hui, on va choisir un chien. Tu n'as pas oublié, n'est-ce pas, qu'aujourd'hui on allait choisir un chien ?

— Non, allons-y ! décréta Todd en se levant de table.

— Laisse-moi enfiler ma tenue spéciale pour choisir un chien et ensuite nous partons.

J'eus à peine le temps de me lever que Todd me serra dans ses bras, et je sentis le courant d'amour qui passa entre nous se répandre jusque dans mes orteils.

Todd n'était pas avare de câlins, ce dont nous nous gardions bien de le décourager, même s'il nous prenait parfois à l'improviste ; le chauffeur du bus scolaire et le livreur de FedEx, par exemple, s'étaient tous les deux habitués. Il en allait de même avec d'autres petites manies dont Todd avait peut-être vaguement conscience mais qu'il ignorait souvent. Mary Ann s'employait à en modérer certaines, comme par exemple ne pas utiliser les toilettes en laissant la porte grande ouverte afin de poursuivre une conversation en hurlant, tandis que d'autres, comme ne pas ranger sa chambre, étaient tolérées. Arrivés à l'âge de dix ou onze ans, la plupart des garçons cessent de donner la main à leurs parents, mais lorsque nous marchions seuls tous les trois, Todd oubliait son âge et saisissait ma main ou celle de Mary Ann. Cette matinée-là était spéciale : en plus d'être le jour où on allait choisir un chien, c'était aussi un jour où l'on faisait des câlins et où l'on se donnait la main.

En me dirigeant vers la camionnette, je serrais doucement la main de mon fils dans la mienne.

Mon vieux pick-up Ford marron avançait trop lentement au goût de Todd. Dans leurs tennis rouges pointure 46, ses pieds battaient deux fois par mesure sur la musique qui passait à la radio.

— C'est encore loin, papa? demanda-t-il pour la énième fois, alors qu'il connaissait parfaitement la durée du trajet.

— Encore quatre ou cinq jours, Todd. C'est un long trajet pour descendre en ville. Il faut passer les Rocheuses, traverser le désert de Mojave, descendre par un côté du Grand Canyon pour remonter par l'autre, et ensuite faire une boucle par Toledo.

Je fis une pause puis ajoutai :

— Et encore, comme je sais que tu es pressé, je n'ai pas tenu compte des tornades.

— Papa! protesta-t-il. Encore combien de temps, pour de vrai?

— Dix minutes, fiston. Encore dix minutes.

Il afficha un sourire satisfait à l'idée d'être aussi proche du refuge.

— Quand est-ce qu'on rend le chien, Todd ? Tu te souviens ?

— Oui, papa. Le chien repart le 26, quand Noël sera fini.

— Bravo. Tu sais, si tout se passe bien, c'est-à-dire si on ramène le chien à la date prévue et qu'on est content, on pourra recommencer l'année prochaine, qu'en dis-tu ?

— Super, répondit-il en me souriant.

Les deux semaines écoulées m'avaient laissé le temps de m'habituer à l'idée, j'étais heureux de faire ça pour lui.

Le panneau à l'entrée de la ville annonçait fièrement : « Bienvenue à Crossing Trails – au carrefour des pistes de l'Oregon, de la Californie et de Santa Fe ». Il n'y a qu'un seul feu dans tout Crossing Trails, lequel paraît bien inutile lorsque l'on attend dans son véhicule, seul à l'arrêt, qu'il passe au vert.

Un petit commissariat de police de la taille d'une supérette fait l'angle, avec la caserne de pompiers sur le trottoir d'en face. Chaque année, leurs brigades respectives s'opposent dans un concours qui récompense l'établissement dont la décoration de Noël est la plus flamboyante. Sans doute parce qu'il s'agit de pompiers volontaires, le Comité de Noël de la ville s'est longtemps laissé influencer par la pierre de touche de leur décor : le Père Noël au volant d'une ancienne voiture de pompiers à traction hippomobile. Cette année-là, le commissariat misait sur un renne tractant une voiture de police d'autrefois.

Au cours des années, peu de nouveaux bâtiments ont été construits sur la rue principale. Les façades des commerces, d'un charme défraîchi, datent d'il y a presque cent ans, et certaines structures se retiennent obstinément à leurs vieilles terrasses en bois découpées dans les chênes vigoureux des forêts avoisinantes. À notre arrivée, tout était paré de verdure artificielle et de guirlandes électriques aux ampoules blanches.

Deux pâtés de maisons plus loin, à droite de la place du centre-ville se tient le tribunal du comté de Cherokee, avec au bas de ses escaliers la statue en bronze d'un pionnier aux traits tirés, son chapeau à la main, le regard tourné vers le Grand Ouest. Le vieux kiosque qui domine la pelouse continue d'accueillir la fanfare de volontaires qui, comme chaque année au moment des fêtes et si le temps le permet, y répète son programme de Noël.

Comme toutes les antiquités, le tribunal a survécu suffisamment longtemps pour être considéré comme un monument historique. La flèche de son clocher, faite de brique et de roche calcaire de la région, s'élève au-dessus des bâtiments. Le juge Crawford, le seul juge permanent du comté, n'assure pas ses fonctions durant les congés de décembre.

À Crossing Trails, le charme s'évanouit à mesure que l'on s'éloigne de la place centrale. Une fois dépassés les rails de la mythique ligne de chemin de fer Atchison, Topeka & Santa Fe, on trouve en lisière de la ville une aire pour mobil-homes et une vieille route de gravier qui descend vers l'étang de pêche au sud du comté.

Todd et moi tournâmes pour nous engager sur la vieille route bordée de maisons aux airs frêles et négligés, la plupart dotées de jardins mal entretenus et jonchés de voitures usées et de balançoires rouillées. C'est là, dans le « Quartier Sud », que les moins fortunés élisent domicile. Le terrain a été fertile autrefois, mais l'implantation d'une usine de traitement des eaux et de l'aire pour mobil-homes ainsi que la construction de logements à loyer modéré ont tout changé. Je crois me souvenir que les grands-parents de Hayley y ont vécu quand on y cultivait encore. À présent, le Quartier Sud et son refuge pour animaux sont des endroits que les gens préfèrent éviter – les animaux aussi d'ailleurs.

Lorsque le refuge apparut à la sortie du dernier virage, Todd détacha sa ceinture et avant même que j'aie pu finir de me garer dans le parking aussi criblé d'ornières qu'un champ de bataille attaqué au mortier, il avait déjà ouvert la portière et se dirigeait vers l'entrée. Il passa à toute allure devant le vieux pick-up Nissan de Hayley, que je reconnus comme le véhicule que je croisais souvent en ville chargé de quelques chiens à l'arrière et de deux autres à l'intérieur. Un autocollant sur son pare-chocs arrière annonçait : « Rendons à ceux qui maltraitent les chiens la monnaie de leur pièce ! »

Il y a beaucoup d'endroits dont je préfère ne rien savoir, et les refuges pour animaux en font partie. Celui de notre ville, comme la plupart, manque de subventions et dépasse largement sa capacité d'accueil. Des annexes rudimentaires en préfabriqué flanquent de façon permanente le bâtiment d'origine et abritent des cages remplies de félins plaintifs. Cette structure en brique d'un jaune terne fut abandonnée il y a des années par le service administratif des égouts, le comté faisant déménager ses bureaux dans le centre-ville. Les jours de chaleur, lorsque le vent du sud se lève, on comprend aisément pourquoi.

En poussant la porte d'entrée, je constatai rapidement que l'intérieur du refuge était à peine mieux loti. Afin d'accueillir encore plus d'animaux, le personnel avait renoncé à ses bureaux et les avait transférés dans le hall d'accueil où s'entassaient tellement de tables que l'on ne pouvait circuler sans renverser un dossier ou un carton posé en équilibre. La première pièce après l'accueil était la salle de pause, où l'on avait stocké dossiers et archives, médicaments, livres et brochures. Contre le mur était accolé un vieux plan de travail qui devait servir au vétérinaire pour les examens de routine et sur lequel une cafetière remplissait laborieusement sa carafe, une goutte à la fois.

N'ayant croisé personne à l'entrée, nous franchîmes la porte battante devant nous pour nous retrouver dans la pièce de détention, au beau milieu d'une agitation effervescente.

Je fus immédiatement frappé par la propreté de la pièce et des cages qui devait probablement demander au personnel des efforts considérables. Un chien se mit à nous aboyer après, aussitôt rejoint par les trente-cinq autres dans une symphonie montant *crescendo*, jusqu'à ce que la pièce ne soit plus qu'une frénésie d'aboiements, de plaintes et de hurlements. Une femme se mit alors à cogner un bol en métal contre une cage, un son qui sembla attirer leur attention et ramena le calme. Je crus reconnaître Hayley qui s'avançait vers nous, et son badge confirma mon intuition. Elle portait un jean bleu et une veste d'un vert poussiéreux ; ses cheveux, d'un gris prématuré, étaient pris dans une longue tresse.

— Bonjour, Hayley, ravi de vous revoir. Nous sommes là pour choisir un chien pour Noël.

Elle tendit le bras et saisit la grande main de Todd. Voyant qu'il ne lui rendait pas sa poignée de main comme l'aurait fait n'importe quel adulte, elle inclina légèrement la tête et fixa ses grands yeux marron. Son visage exprimait douceur et compassion.

— Je m'appelle Hayley, je suis très heureuse de faire ta connaissance, Todd. Nous nous sommes rencontrés à la foire du comté, tu te souviens ? demanda-t-elle en s'adressant directement, au-delà du handicap, au petit garçon caché derrière ce grand jeune homme vigoureux.

— Oui, je participais à un concours avec mon camp 4-H[1].

— Je me souviens que tu étais très doux avec tes animaux. Une année, tu avais même plusieurs premiers prix accrochés à ta chemise, si je ne me trompe ?

— Oui, dans la catégorie moutons et bétail.

Todd avait toujours participé à de nombreux camps 4-H, jusqu'à ce qu'il finisse

1. 4-H pour *Head, Heart, Hand and Health.* Organisation communautaire nationale aux USA vouée à l'épanouissement de la jeunesse (de 5 à 19 ans) *via* des camps de vacances, des projets pédagogiques, etc. Au Canada, les quatre *H* se traduisent par *Honneur, Honnêteté, Habileté et Humanité.*

malheureusement par dépasser la limite d'âge. Grâce à eux, il avait énormément gagné en assurance.

— Todd, je sais que tu es un expert en animaux, alors je te laisse passer en revue les chiens et ensuite nous verrons ensemble s'il y en a un qui conviendrait pour toi et ta famille. N'hésite pas à me faire signe si tu as besoin d'aide ou si tu as une question.

Elle lui saisit l'avant-bras, comme sur le point d'ajouter quelque chose, mais se ravisa et tourna les talons, s'arrêtant devant chaque cage d'un air affairé – pour vérifier quoi, je l'ignorais.

Avec les années, j'avais appris à cerner les gens simplement à leur façon de se comporter avec Todd. Avec Hayley, j'avais un bon pressentiment.

La décision était de taille pour mon fils, aussi je ne voulais pas le bousculer. Après m'être trouvé un banc, je me plongeai tant bien que mal dans la lecture d'un journal abandonné là, tandis que Todd patrouillait le long des cages à la recherche du compagnon de Noël idéal. Le sol récemment lavé emplissait l'air d'une odeur de Javel et de chlore à laquelle se mêlaient diverses odeurs animales, et mes oreilles bourdonnaient des pleurs, des aboiements des chiens et du son métallique des bols raclant le ciment.

Je me mis à observer mon fils, mi-homme mi-enfant, arpenter lentement les allées de cages.

Todd semblait déterminé à donner à chaque animal une inspection en règle. Au bout de dix minutes, je décidai de le rejoindre : l'activité avait l'air amusante et je devais bien admettre que ces chiens m'intriguaient. Oubliant presque la raideur persistante de ma jambe droite, je quittai mon banc et lui emboîtai le pas. Il faisait halte devant chaque cage, partageant occasionnellement ses réflexions.

– Celle-ci me rappelle Trudy. Elle est contente de me voir.

Trudy, un border collie croisé avec une pointe de berger allemand, était la vieille chienne de mon fils aîné Jonathan que Todd adorait. Quand elle était jeune, Jonathan l'amenait à la ferme où elle aidait Todd à guider les moutons hors du pâturage pour les faire rentrer dans la cour, à l'abri des coyotes, des lynx et des renards.

– C'est peut-être une exceptionnelle gardienne de troupeau ! observai-je.

Todd passa lentement à la cage suivante pour inspecter une chienne aux oreilles pendantes qui ne se dérangea même pas pour venir nous saluer. Elle avait une robe marron foie avec des tâches blanches sur la poitrine et les pattes avant, et le museau noir caractéristique d'un coonhound.

— Elle est calme, fit remarquer Todd.

— Plutôt, oui ! Le refuge l'a baptisée Sally, poursuivis-je en lisant à voix haute la fiche au-dessus de la cage. « Femelle de huit ans, issue d'un croisement entre un coonhound et un épagneul ; stérilisée ; s'assoit et roule sur commande. » Dis donc, ajoutai-je en me tournant vers mon fils, ce chien obéit mieux que certains de mes enfants !

Todd leva les yeux au ciel. À cette allure, nous en aurions encore pour un mois, aussi je partis retrouver mon banc et son journal de la veille qui finirait assurément ses jours comme litière dans une cage.

Venu à bout de la page des sports et du bulletin météo, je relevai les yeux du journal : Todd n'avait avancé que de deux cages. Il semblait tellement dans son élément que je me fis la réflexion que si les animaux avaient des anges gardiens, Todd était sans aucun doute l'un d'entre eux ; il allait faire un heureux, c'était certain. Hayley refit son apparition pour vérifier l'avancée des choses et sembla satisfaite de voir Todd étudier chaque animal. Elle se joignit à lui et la sélection devint une affaire d'équipe. S'abstenant de toute pression en faveur des chiens les moins éligibles, Hayley se contentait de décrire la situation de chaque bête.

À chaque nouvelle cage, elle encourageait Todd à bien s'approcher pour voir. D'après moi, elle lui consacrait plus de temps qu'à un visiteur ordinaire.

— Voici Baron. Nous pensons qu'il s'agit d'un braque allemand. Il a vécu presque toute sa vie en cage. Comme c'est un chien de chasse, son maître pensait qu'il risquait de saccager son jardin. Baron a besoin d'être socialisé, c'est-à-dire de passer plus de temps avec les humains. Il a tout pour devenir un bon animal de compagnie, mais ce dont il a besoin, c'est d'un maître gentil et très patient qui lui apprenne à refaire confiance aux hommes.

Hayley ouvrit la porte de la cage.

— Il a peur, dit Todd en prenant la bête tremblante dans ses bras.

Presque instantanément, Baron se mit à remuer la queue, apaisé par le sentiment de sécurité de ces mains bienveillantes.

Hayley consulta la fiche de la cage.

— Il n'est ici que depuis quatre jours. Certains chiens mettent plus de temps que d'autres à s'adapter, mais visiblement tu lui plais. Les chiens sont fins psychologues.

— Hayley, pourquoi est-ce que certains chiens sont contents de me voir et d'autres non ?

— C'est une bonne question. Certains sont encore attachés à leurs anciens maîtres et ne sont pas prêts à accepter une nouvelle famille ou un nouvel ami. Chaque chien qui se trouve ici correspond à une personne et quand celle-ci se présentera, crois-moi, le chien la reconnaîtra.

— Pourquoi ces chiens sont-ils à l'écart? demanda Todd en désignant du doigt une zone de la pièce séparée par un portail grillagé avec le panneau « Interdiction d'entrer ».

— Ils sont en quarantaine, ce ne sont pas des candidats à l'adoption.

— C'est quoi, être en quarantaine ?

— Il y a des lois fédérales concernant les chiens qui mordent. On doit les isoler afin de vérifier qu'ils n'ont pas la rage.

Todd se dirigea vers le portail et scruta l'intérieur des cages.

— Pourquoi est-ce qu'ils se ressemblent tous ?

Le visage de Hayley s'assombrit.

— La plupart sont des pitbulls que le shérif nous a amenés car ils étaient victimes de mauvais traitements. Tu sais, Todd, la façon dont une personne traite un chien en dit long sur ce qu'elle a dans le cœur.

Anticipant d'autres questions, Hayley guida Todd dans une direction plus préférable, celle d'un chien inoffensif.

— Cette grosse mémère, c'est Côtelette ! Nous l'appelons ainsi parce qu'elle est un peu grassouillette.

Côtelette était un gros chien noir croisé.

— Son maître est venu la réclamer la semaine dernière, mais quand nous lui avons annoncé qu'il y avait cinquante dollars de frais de pension, il nous a dit qu'il allait chercher son chéquier dans sa camionnette, et il n'est jamais réapparu.

Todd la regarda d'un air incrédule.

— Pourquoi est-ce qu'il n'est pas revenu prendre son chien ? Côtelette l'attendait ! Il y a quelque chose qui cloche chez lui ?

— Effectivement, Todd, et pas qu'un peu, si tu veux mon avis. En fait, les chiens comme Côtelette sont les plus difficiles à placer. On appelle ça le syndrome du gros chien noir.

— Pour quelle raison ? demanda Todd.

— Parce qu'ils sont très nombreux dans les refuges ; c'est le problème de l'offre et de la demande.

Hayley avança vers la cage suivante.

— Alors, en quoi ce chien est-il différent ?

Todd l'examina avec attention.

— Il est petit, conclut-il.

— Exact. As-tu remarqué que c'est le seul petit chien de tout le refuge ?

Todd balaya les autres cages du regard.

— Pourquoi est-il le seul ?

— On les appelle les « chiens pipi ». Ce sont des chiens d'intérieur que leurs maîtres laissent sortir juste le temps de faire pipi avant de les faire rentrer à nouveau. Les gros chiens, eux, sont laissés dehors, souvent durant des heures. Ils finissent par s'échapper et échouent ici.

— Il est de quelle race ? demanda Todd.

— C'est un croisé Jack Russell.

— Je crois que je préfère les « chiens pipi » ! lançai-je depuis mon banc.

Todd accueillit ma tentative d'humour avec un froncement de sourcils avant de s'immobiliser devant l'unique cage vide du refuge.

— Où est passé le chien de cette cage ?

— Un des volontaires est probablement en train de lui faire faire sa promenade ou de le préparer.

— Le préparer ?

— Il y a beaucoup de choses que nous faisons pour aider les chiens à être adoptés, Todd. Tu pourras remarquer, par exemple, que nous nettoyons systématiquement leurs excréments. L'expérience nous a appris que les gens ne s'arrêtent pas devant une cage souillée, et ça ne serait pas juste envers le chien, tu ne crois pas ?

— Si, fit Todd en hochant la tête.

— Nous avons également remarqué que les gens n'adoptent pas les chiens qui ont peur d'eux, alors nous faisons un gros travail avec les animaux pour qu'ils soient moins peureux avec les visiteurs. Tout le monde sait que les chiens sont choisis sur leur apparence. Polly, par exemple, était pensionnaire chez nous depuis trente-neuf jours. Or, le délai des quarante jours est une date très importante pour nos chiens car c'est le délai maximal pour l'adoption. Au bout de trente-cinq jours, nous avons donc commencé à nous inquiéter pour Polly. Comme c'était une chienne gaie et affectueuse, nous avons fait venir une dame de la ville, une volontaire. Elle a toiletté Polly et lui a acheté un collier tout neuf orné d'un ruban rose. Elle a fait du super travail. C'était donc le trente-neuvième jour de Polly hier, et devine quoi ? fit Hayley en saisissant le bras de Todd avec enthousiasme. Quelqu'un l'a adoptée ce matin ! Polly est donc dans sa nouvelle maison en ce moment !

Je priai pour que Todd ne demande pas ce que signifiait le délai des quarante jours et fus soulagé que Hayley s'abstienne elle aussi de tout commentaire sur le sort de ces chiens condamnés. L'effroyable vérité aurait perturbé Todd – moi-même, le concept me troublait. Je me levai du banc une nouvelle fois et les suivis en silence pendant encore une demi-heure d'inspections canines minutieuses.

L'heure du déjeuner n'était plus loin quand Todd eut enfin passé tous les chiens en revue et entendu leurs biographies respectives. Étonné qu'il n'ait pas encore fait son choix, j'hésitai entre deux explications : soit il n'avait pas trouvé le bon, soit il voulait tous les prendre.

— Il en reste encore un, veux-tu le voir? demanda Hayley.

Elle nous mena à l'arrière du refuge où se trouvaient quelques cages vides. Une seule d'entre elles était occupée par un gros labrador retriever noir croisé – encore un « syndrome du gros chien noir » vraisemblablement.

— C'est un vieux chien, commenta Hayley, on le voit aux poils gris qu'il a sur le pourtour du museau. Il est tranquille et n'aboie pas. Les trois premiers jours de leur arrivée, les chiens ne sont pas proposés à l'adoption. Leurs propriétaires ont ainsi une chance de pouvoir les réclamer s'ils étaient simplement perdus. Mais à partir du troisième jour, les chiens deviennent la propriété du refuge, et c'est le cas pour celui-là depuis aujourd'hui.

— Comment s'appelle-t-il? demanda Todd tandis que Hayley ouvrait la cage.

Elle chercha la fiche du regard mais il n'y en avait aucune.

— Je n'en sais rien, répondit-elle dans un haussement d'épaules, j'imagine qu'il est parvenu jusqu'ici tout seul, ça arrive parfois. Du coup, nous n'avons pas encore eu le temps de lui trouver un nom.

Todd semblait hésiter. J'avais un bon pressentiment concernant ce chien : il restait assis, attentif mais patient, sans bondir ni aboyer ni couiner comme les autres chiens en voyant leur cage s'ouvrir. Il avait l'air concentré, prêt à recevoir son ordre; seule sa queue frétillante trahissait son plaisir de nous voir.

Peut-être par lassitude vis-à-vis du processus de sélection ou par pitié pour ce nouveau pensionnaire, je m'approchai et, posant la main sur l'épaule de Todd afin d'attirer son attention, suggérai :

— Pourquoi ne pas l'examiner de plus près ?

Comme Todd ne disait pas non, Hayley sortit aussitôt le chien et lui ordonna de s'asseoir. L'animal s'exécuta et attendit calmement pendant que Todd promenait ses doigts sur les poils noirs et blancs de sa nuque. Todd se pencha au niveau des yeux du chien, des yeux verts affectueux qui reflétaient une certaine sérénité, et le fixa pendant quelques instants.

Quand Todd l'eut jaugé, Hayley lui passa un collier étrangleur autour du cou, provoquant subitement chez le chien un grand état d'excitation, comme s'il devinait qu'on l'avait choisi. Elle accrocha une laisse au collier et lui fit faire quelques pas dans une direction puis dans la direction opposée; il n'avait pas le comportement d'un animal habitué à la cage. Hayley délivra ensuite une série d'ordres verbaux et gestuels. D'abord, elle leva la main, paume vers l'extérieur, tel un agent de la circulation signalant un « stop », puis elle inclina lentement le poignet vers le bas en pointant l'index vers le sol.

— Assis ! commanda-t-elle.

Le chien obéit.

Elle abaissa ensuite la main parallèlement au sol comme si elle appuyait sur quelque chose et ordonna « couché ! ». Le chien s'aplatit sur son estomac. Enfin, elle ordonna « debout ! » et lâcha la laisse avant de s'éloigner. Au bout de quelques pas, elle se retourna : le chien n'avait pas bougé.

— Il est très obéissant, mais il semble souffrir de raideurs dues à l'âge au niveau de l'arrière-train.

Todd se baissa pour le caresser.

— Il est maigre, observa-t-il en passant la main sur ses flancs. Est-ce qu'il mange ?

— Oui, il s'alimente. J'imagine qu'il est sur les routes depuis un moment, il a dû sauter quelques repas.

Todd écarta les poils et découvrit quelques plaies, y compris une entaille dont la croûte était récente. Il fit signe à Hayley qui s'agenouilla pour examiner la blessure.

— Nous allons lui mettre quelque chose, fit-elle en adressant à Todd un regard approbateur.

Il avait visiblement mis le doigt sur quelque chose d'important, que même elle avait manqué.

Todd se releva et croisa les bras sur sa poitrine, tel un acheteur de pur-sang averti et chevronné.

— Tu en penses quoi, papa ?

Je fis deux fois le tour du chien.

— Il m'a l'air très bien, avançai-je après avoir dénombré quatre pattes, une queue et tous les appendices requis.

Todd offrit un sourire radieux.

– Nous le prenons, fit-il en pointant sur l'animal un doigt assuré.

Comme s'il venait de recevoir un ordre, le chien bondit de sa place et se rapprocha lentement de la sortie. Hayley le retint par la laisse.

Sans plus tarder, je rappelai à Todd les termes de notre arrangement.

– Quand doit-on le ramener, Todd ?

– On le ramène le 26, papa, quand Noël se termine.

Je cherchai le soutien de Hayley du regard, qui sourit et acquiesça d'un signe de tête approbateur.

Todd sortit un collier de diamètre moyen de la poche de son manteau et le glissa aisément autour du cou du chien. Quelques jours plus tôt, Mary Ann et lui s'étaient rendus en ville et avaient utilisé une partie de son allocation de handicapé pour acheter un collier et une laisse, respectivement vert et rouge – époque oblige, avait argué Mary Ann. Hayley referma la cage derrière nous et Todd guida le chien jusqu'à l'accueil avec sa laisse de fête.

En repassant devant les cages sur le chemin de la sortie, je ressentis un léger pincement au cœur pour tous ces chiens qui n'avaient pas trouvé de foyer pour Noël. L'espace d'une fraction de seconde, l'idée me traversa l'esprit d'en prendre un deuxième, mais je passai mon chemin : ma réputation était en jeu. Pour finir, nous remplîmes quelques papiers, puis Hayley appliqua un peu de pommade sur la blessure du chien.

Après l'avoir remerciée, nous quittâmes le refuge avec notre nouvel ami.

— Tu veux qu'on lui donne un nom ? demandai-je, luttant contre le vent mordant qui me coupait le souffle.

— C'est déjà fait, répondit Todd, à ma grande surprise, en même temps qu'il se hâtait vers la camionnette.

— Ah bon ?

— Je l'ai appelé Noël.

Il ouvrit la portière et Noël sauta immédiatement à l'intérieur. Todd grimpa à côté de lui et je m'installai derrière le volant, étrangement à l'aise au contact de ce tas de poils chaud calé confortablement entre mon fils et moi. Au démarrage, la radio s'anima, emplissant l'air hivernal d'un chant de Noël.

— C'est un nom parfait, dis-je en embrassant Todd et le chien du regard. Vraiment parfait.

Chapitre 4

Ça ne devait pas être son premier voyage en voiture car Noël resta tranquille durant tout le trajet du retour. Hormis sa queue qui remuait de temps à autre, il ne bougea pas d'un pouce, sans grogner ni gémir. Todd le caressait et lui massait les muscles, ce que Noël devait apprécier puisqu'il se retourna plusieurs fois pour le gratifier d'un coup de langue approbateur. Moi-même, je ne pouvais m'empêcher de le caresser. Le chien semblait se plaire avec nous.

— Où doit-on installer Noël, à ton avis? demandai-je.

— Dans ma chambre! répondit Todd, l'air surpris.

— Je pensais plutôt au poulailler, pour qu'il garde les poules. Qu'est-ce que tu en penses?

— Mais non, papa! Les poules n'ont pas besoin d'être gardées!

— Bon, et pourquoi pas au fond de la grange? J'ai aperçu des rats qui traînaient vers les silos, je parie qu'il saura les faire déguerpir.

— Mais non, papa, ma chambre sera mieux.

— Tu as fait un sacré ménage, pas vrai, Todd ?

— J'ai rempli six sacs poubelles. Six.

— Il va avoir de la place avec ça ! Donc tu es sûr, pas d'éléphant ?

Todd éclata de rire.

— Certain. Je préfère Noël.

En retraversant Crossing Trails, je remarquai quelques rares clients qui sortaient des boutiques avec des sacs et des paquets-cadeaux dans les mains ; la Chambre de commerce se mobilisait pour retenir les consommateurs en ville, mais je doutais du succès de leur campagne. Une fois sur la nationale, je me rappelai les nombreux Noëls où je n'avais pas su quoi offrir à Todd. Cette année serait différente, pensai-je en le regardant assis près du chien.

Mary Ann nous accueillit sur le perron de la porte de derrière.

— Vous en avez mis du temps, je commençais à m'inquiéter !

— Choisir un chien n'est pas facile, ça prend du temps.

Mary Ann savait que Todd pouvait se montrer très circonspect face à des décisions importantes, aussi elle abandonna le sujet et nous rentrâmes tous les trois dans la cuisine, laissant derrière nous le froid du dehors.

Noël était aussi discipliné et obéissant avec nous qu'avec Hayley. De toute évidence, Todd avait été très attentif au refuge car il reproduisit devant sa mère la même série de commandes qu'elle : il commença par se déplacer en cercles, le chien suivant sagement à ses pieds, puis il s'immobilisa, et Noël s'assit sur-le-champ en attendant la directive suivante.

— George, regarde un peu comme ce chien obéit à Todd ! C'est vraiment stupéfiant ! s'exclama Mary Ann, comme si elle venait de voir la huitième merveille du monde.

— Complètement fou, murmurai-je.

Mary Ann se pencha pour regarder Noël dans les yeux.

— Il a les yeux verts ! s'extasia-t-elle

J'adore les chiens aux yeux verts.

— C'était le meilleur chien du refuge, observa Todd en flattant Noël de la main avant de lui retirer sa laisse.

La queue du chien martelait le sol dans un bruit sourd – un son qui allait nous devenir familier.

— Il aurait été dommage que ce chien reste au refuge. Il est parfait, Todd.

— Maman, je peux te raconter comment ça s'est passé ?

— Bien sûr, mon cœur, raconte-moi tout.

Je n'ai jamais vu Todd aussi excité. Il saisit la main de sa mère pour l'amener jusqu'à la table de la cuisine, avec le chien d'abord sur leurs talons puis couché à leurs pieds une fois qu'ils se furent assis. Là, Todd fit le récit détaillé de notre visite au refuge, décrivant chaque chien à sa mère qui l'écouta patiemment. Adossé au mur, je me contentai de les observer, revivant l'expédition tout entière à travers les yeux de Todd.

Je profitai qu'ils discutaient toujours pour aller à la recherche des deux bols en métal de mon vieux Tucker, que je dénichai finalement tout au fond d'un placard, comme s'ils m'avaient sagement attendu toutes ces années. Étrangement, c'est un sentiment d'apaisement plutôt que de tristesse qui m'envahit.

Je remplis le premier bol au robinet et le déposai par terre, puis je garnis le second avec de la nourriture pour chien que Mary Ann et Todd avaient achetée et le plaçai près du bol d'eau. Noël grappilla poliment quelques morceaux du bol de nourriture et se mit à les picorer sagement tandis que Todd et Mary Ann comméraient sur ses cousins canins du refuge.

Je trouvai ensuite, posée sur une étagère dans le placard du couloir, une vieille couverture que je déployai sur le sol de la cuisine. Noël s'approcha et se mit à la pétrir avec ses pattes comme les chiens en ont l'habitude, jusqu'à ce que l'agencement lui convienne. Alors seulement il s'allongea sur sa nouvelle couche. Appuyé contre le chambranle de la porte, je laissai Todd terminer de raconter à sa mère le reste de son aventure du jour. Tous deux étaient d'ailleurs si absorbés dans leur conversation qu'ils ne me remarquèrent même pas jouer les hôteliers.

Au bout d'un quart d'heure à peine entrecoupé d'une pause, je décidai d'intervenir.

— Je lui ai bien proposé de prendre un éléphant à la place, mais il a refusé.

— Oh, George, laisse-le raconter son histoire !

Une fois les événements passés au crible, Todd et Mary Ann firent faire à Noël le tour du propriétaire. Le processus d'adoption se devait à l'évidence de fonctionner dans les deux sens : il fallait s'assurer que Noël trouve notre modeste logement à son goût. Ils commencèrent par la chambre de Todd, puis la chambre d'amis, puis ils traversèrent la salle à manger pour finir par le salon qui occupait toute la façade de la maison et dont le mur interne abritait notre cheminée centrale.

Todd, qui avait traîné la couverture derrière lui durant toute la visite, s'arrêta près de l'âtre et l'étendit par terre à portée de la chaleur rayonnante du feu, marquant ainsi le territoire de Noël. Celui-ci s'étira et lui réclama un massage que notre fils lui administra de bon cœur, en commençant par les pattes pour finir par le ventre avec juste ce qu'il fallait de friction thérapeutique. Lorsque Noël bâilla, Todd s'allongea à ses côtés pour une petite sieste au coin du feu. En plus d'un foyer, notre hôte semblait avoir trouvé un ami.

À son réveil, Noël alla se poster devant la porte de derrière et, le plus naturellement du monde, émit un petit aboiement ; Mary Ann le fit sortir. Constater qu'il n'hésitait pas à exprimer ses besoins était un premier soulagement.

Le lendemain matin, un front chaud s'était installé, provoquant la fonte rapide de la neige sous un ciel bleu ponctué de gros nuages. On entendait plusieurs oies cacarder bruyamment tandis qu'elles quittaient l'étang pour gagner nos champs où elles fourrageaient dans les restes généreux de sorgho, de maïs et d'avoine épargnés par la moissonneuse-batteuse.

Todd et Noël dormaient encore pendant que Mary Ann et moi prenions notre petit déjeuner ; mon expérience en matière de grasses matinées me disait qu'on avait sans doute davantage bavardé que dormi la nuit précédente. Je partis ensuite m'atteler à mes tâches, laissant Mary Ann en train de fredonner au-dessus de l'évier.

Je venais de terminer de nourrir le bétail quand j'aperçus les deux compères avancer vers moi d'un pas tranquille.

— Bonjour, dit Todd.

— Comment va notre toutou ?

— Il va bien, répondit-il en se glissant à l'intérieur du corral pour inspecter les bêtes.

Noël s'engagea après lui.

— Assis, Noël ! ordonnai-je en faisant le même geste que Hayley – j'avais peur qu'il effraie le bétail.

Noël posa immédiatement l'arrière-train par terre.

— J'ai bien choisi, pas vrai ? observa Todd avec un sourire en coin.

— Parfaitement, approuvai-je en grattouillant la tête de Noël qui se mit à agiter la queue frénétiquement. Bon chien, Noël ! le complimentai-je à voix basse.

Todd sortit du corral.

— C'est bon, tu peux y aller maintenant ! Bon chien !

Noël fit quelques tours sur lui-même et se plaça à côté de Todd.

— Je peux l'emmener à la crique ?

— Aucun problème.

— Et je peux y aller en camionnette ?

Conduire le pick-up était le petit plaisir de Todd, même si sa mère insistait pour qu'il ne dépasse jamais la première. Je sortis les clés de ma poche et les lui tendis.

— Conduis doucement ou sinon ta mère me fera coucher dans l'étable ce soir.

Todd ouvrit la portière et en un bond Noël reprit naturellement sa place au centre de la banquette avant. Quand il eut démarré, Todd prit très lentement la direction du sud vers Kill Creek, cette crique qui l'a toujours tant fasciné.

Sans savoir pourquoi, je me rappelai soudain en les regardant s'éloigner que je devais avoir l'âge de Todd quand Tucker était mort. Comme sa jeune vie d'adulte était différente de la mienne !

J'étais heureux de ne pas avoir à regarder mon fils monter dans un bus militaire et faire ses adieux à son fidèle compagnon. Todd ne saurait jamais que le retour au pays n'est que le début du voyage. Le Vietnam reste un souvenir douloureux, mais avec les années j'apprends à dépasser l'amertume.

Il est toujours bon d'avoir un endroit privilégié où se poser et réfléchir en privé, un lieu associé à de bons souvenirs. L'idée de voir mon fils bien-aimé partir à la guerre me conduisit directement à l'un de mes coins préférés : au fond de l'étable, sur le tabouret à traire que mon arrière-grand-père avait taillé dans un chêne ici même dans cette ferme.

Le psychologue de l'armée nous avait encouragés à invoquer régulièrement nos souvenirs de guerre, tant et si bien qu'après toutes ces années, je n'ai qu'à fermer les yeux pour entendre la déflagration des bombes, les rafales de M16, l'impact sourd des 45, les cris, les supplications, les ordres, les hélicos, les F-4 larguant le napalm, et par-dessus tout cela la rumeur sourde des insectes – les criquets, les moucherons, les moustiques et les mouches. En plein hiver, je peux rappeler à moi la chaleur moite et oppressante de la jungle.

Quand je me fus assez souvenu, je rouvris les yeux et essayai de me remémorer les souvenirs plus heureux liés à cette période.

Mary Ann m'écrivait tous les jours, je conserve d'ailleurs ses lettres dans une boîte sur l'étagère du haut dans mon armoire. J'avais essayé de rompre avec elle avant mon départ en prétextant qu'elle était trop jeune pour rester à attendre mon retour – si je revenais un jour. Comme elle était de deux ans mon aînée, je l'avais taquinée en lui conseillant de se dépêcher de se marier avant qu'il ne soit trop tard.

Mary Ann n'avait rien voulu savoir. Ignorant mes plaisanteries sur son attirance pour un homme plus jeune, elle avait choisi de rester. Quand l'heure de notre rupture sonnerait, avait-elle dit, elle me préviendrait. En attendant, elle serait là pour moi, et ce jusqu'à la fin de sa vie.

Notre mariage eut lieu six mois après mon retour. Mary Ann n'a jamais failli à sa parole.

Je me levai du tabouret car ma jambe s'était engourdie, et en profitai pour jeter un coup d'œil au collier de mon vieux Tucker accroché au mur. Je m'apprêtais à rentrer pour le déjeuner lorsque j'entendis le grincement de notre vieille Ford qui avançait lentement vers la maison, toujours en première. C'était si bon d'être dans cette ferme avec mon fils, de ne pas le voir partir à la guerre ; je me sentais déjà mieux. J'ignorais encore à ce moment-là que mon si long voyage approchait de son épilogue.

La porte de l'étable s'ouvrit brusquement.

— Papa ! s'écria Todd. Devine ce qu'on a trouvé près de la crique, Noël et moi ! Des empreintes de couguar grandes comme mes mains ! fit-il en levant ses grandes paluches en l'air.

— Ah oui, à ce point-là ! On n'a pas vu de couguar dans le coin depuis des années et je ne suis pas sûr qu'un lynx soit aussi grand, mais bon.

— Crois-moi, papa, ça ressemblait vraiment à des empreintes de couguar.

Je réfléchis une minute.

— Quand elle se met à fondre, la neige peut nous jouer des tours en grossissant des empreintes de deux à trois fois leur taille réelle. Tu n'aurais pas croisé des ratons laveurs géants par hasard ? demandai-je en riant.

— Non, pas de ratons laveurs géants, répondit Todd après réflexion. Tu dois avoir raison, c'était sûrement un lynx.

— Ça me paraît plus logique, en effet.

Il y avait des années de cela, mon grand-père m'avait raconté qu'au cours d'une chasse dans sa jeunesse, il avait entendu cette espèce de grognement que poussent les cerfs effrayés et avait juste eu le temps de se retourner pour apercevoir une biche pourchassée par un couguar à travers les bois. Quelques années plus tôt, un avocat de la ville que je connaissais avait affirmé lui aussi avoir vu un gros couguar surgir au coucher du soleil, au niveau du huitième trou du terrain de golf local.

J'accordais peu de crédit à ces déclarations, et cela pour plusieurs raisons. La plupart des animaux sauvages de nos contrées finissaient tôt ou tard sur le pare-chocs d'une voiture et y restaient ; or, à ma connaissance, le cas ne s'était jamais produit avec un couguar dans la région. Ensuite, il faut savoir que les lynx sont plus gros qu'on ne le pense et que du fait de leur grande vélocité il est facile de les confondre avec un gros chat.

Quelque chose pourtant m'intriguait : quelque chose qui s'était passé quatre ans auparavant et que j'avais oublié, faute d'avoir pu l'expliquer à l'époque. Une vache et son jeune veau s'étaient échappés de notre enclos et, monté sur ma jument, j'avais suivi leurs traces jusqu'à m'enfoncer dans le bois qui s'étend sur presque quatre cents hectares à trois kilomètres au sud de notre propriété, laissé intact depuis des générations, voire des siècles.

J'avais débouché sur une petite crique dont le fond détrempé formait çà et là des flaques surplombées de moucherons et de moustiques et où, en l'absence d'un sentier digne de ce nom, il m'avait fallu constamment écarter les toiles d'araignée de devant mon visage pour pouvoir avancer. D'après le volume des empreintes, la vache et son veau s'étaient arrêtés pour boire, faisant halte plusieurs heures, voire toute la nuit. Les sabots fendus des vaches laissent des marques reconnaissables mais d'autres, plus étranges, bordaient la crique. Afin de les examiner de plus près, j'avais mis pied à terre : dans la boue étaient imprimées des empreintes de félin de la taille de ma main.

Peu désireux d'ajouter mon nom à la liste des fêlés du coin qui juraient avoir vu un couguar, je n'avais rien dit à personne. Plus tard dans la matinée, j'avais retrouvé les deux bêtes saines et sauves, et j'avais tout oublié.

Cependant, il n'y avait pas de mal à être prudent.

— Quoi qu'il en soit, conseillai-je à Todd alors qu'il s'éloignait, Noël et toi devriez peut-être éviter la crique quelques jours. J'irai jeter un œil sur ces traces un peu plus tard.

— Si tu veux, papa, répondit Todd en haussant les épaules, mais tu sais, un couguar ne ferait pas le poids face à Noël.

— C'est là que tu te trompes : aucun chien n'est de taille face à un couguar.

Todd et Noël sortirent, et je les suivis lentement jusqu'à la maison. Noël fit plusieurs fois demi-tour, visiblement intrigué par ma lenteur. Quand Todd ne regardait pas, je m'accroupissais et il venait me lécher le visage, balayant l'air avec sa queue. Todd avait vraiment bien choisi.

À l'approche des fêtes, je tentai de chasser de mon esprit les souvenirs de guerre et de Good Charlie et de Tucker, mais j'avais du mal ; à tel point que Mary Ann m'interpellait souvent pour me demander si ça allait. Je répondais que oui, mais elle savait reconnaître quand je me débattais avec les souvenirs. « C'est à cause du chien ? » demanda-elle. « Non », répondis-je, même si nous savions tous les deux que c'était un mensonge.

Chapitre 5

La veille de notre dimanche « portes ouvertes » annuel, le vent du sud, bien qu'il se soit intensifié, continuait de nous assurer des températures modérées plus clémentes que les normales de saison. Après que Todd, Noël et moi-même eûmes achevé nos corvées matinales, je partis en tracteur vérifier les traces mystérieuses que Todd avait repérées quelques jours plus tôt.

Sur la route en direction de Kill Creek, le vent soufflait de plus belle, m'obligeant à presser ma veste contre ma poitrine et à enfiler mes gants. La neige qui avait presque complètement fondu avait laissé les champs détrempés mais pas encore boueux; hormis quelques pousses d'herbe verte sporadiques, la plupart s'étaient parés de leurs marron, châtain et gris d'hiver.

Loin d'accélérer l'allure, je profitai de cette sortie au grand air pour réfléchir.

Le matin à la télévision, des experts disputaillaient à propos de la dernière guerre en date; j'ignorais pourquoi, mais ce genre de débat m'avait toujours laissé perplexe. En repensant au vieil épandeur à fumier que je tirais derrière moi et dont je me servais pour répandre dans les prairies ce fertilisant naturel, l'idée me vint soudain que ces « spécialistes » et ma machine débitaient exactement la même chose. Ils débattaient de la guerre en termes de bien et de mal, comme s'ils étaient en quelque sorte les seuls et uniques à pouvoir en juger. Du point de vue insignifiant d'un soldat comme moi, les guerres ont rarement un sens – ce qui explique sans doute que je supporte difficilement leurs discours.

Je ralentis à la traversée du canal souterrain puis passai sous une haie d'arbres où il me fallut me protéger la tête des branches basses. Un couple de renards roux émergea du bois et traversa le champ d'un pas tranquille. Le pied appuyé sur la pédale d'embrayage, je les suivis du regard : comme souvent chez les renards, la présence d'un humain les laissait parfaitement indifférents. Quand ils eurent disparu, je rétrogradai et relâchai l'embrayage pour reprendre ma route vers la crique, l'esprit à nouveau concentré sur le débat du matin.

La guerre cachait une autre tragédie qui n'était jamais abordée ni reconnue et qui m'avait beaucoup tourmenté au cours des années : celle des milliers de chiens qui avaient servi au Vietnam et sauvé d'innombrables vies, y compris la mienne. Aucune récompense ni médaille n'était prévue pour ces braves et loyaux chiens. C'était comme si le sacrifice de leur vie ne comptait pas.

Rares étaient les chiens de guerre qui survivaient, quant aux rescapés, ils étaient impitoyablement abandonnés sur place. J'imagine le traumatisme des soldats rescapés contraints d'évacuer en laissant derrière eux ces compagnons prêts à sacrifier leur vie pour eux, non pas une seule fois, mais chaque jour. Chaque fois que j'y pensais, je ressentais un mélange de tristesse et de colère.

Enfin, la crique apparut. Une chouette s'envola par-dessus les cimes pour aller se poser dans un sycomore géant qui se trouvait d'un côté de la passerelle. Je stoppai le tracteur en bord de crique et demeurai immobile, humant l'odeur lointaine d'un feu de bois – peut-être le mien à la ferme. Cette partie de notre propriété n'a jamais cessé de m'émerveiller ; c'est un endroit l'idéal pour prendre du recul. J'écoutai l'écoulement paisible du ruisseau, non pas un torrent de montagne du Colorado recélant truites et paillettes d'or, mais une eau tranquille qui se confie à celui qui prend le temps d'écouter. Ses sages conseils me réconfortèrent.

Après avoir éteint le moteur et tiré le frein à main, je descendis du tracteur à la recherche des fameuses empreintes. Il y en avait de toutes sortes : ratons laveurs, oiseaux, lapins, baskets Converse pointure 46, chien de Noël, mais aucune empreinte de félin. Je remontai sur mon tracteur et rentrai à la maison en première.

Plus tard ce jour-là, Noël profita par deux fois de quelques minutes d'absence de Todd pour venir me rejoindre dans la cour, où il glissait avec autorité sa tête sous mes mains, comme pour me signifier « caresse-moi ! ».

Curieux de voir s'il m'obéirait comme à Hayley, je mis ces intermèdes à profit pour pratiquer mes « assis ! », « debout ! », « fais le mort ! » avec lui. Noël se plia à mes ordres; comme Good Charlie ou Tucker, il me donnait l'impression qu'on pouvait lui demander n'importe quoi. Agenouillé par terre, j'approchai son visage du mien, sentant la chaleur de son souffle et le contact soyeux de ses oreilles.

– Tu es un bon petit soldat, observai-je, sans me rendre compte de l'ironie de mes paroles.

J'aimais beaucoup l'odeur qu'avait ce chien. Toutes les odeurs familières de notre ferme semblaient tourbillonner autour de lui et se fondre en un parfum de nature qui me rappelait cet air du dehors que j'aimais tant.

Au souvenir de mes regrettés compagnons, je resserrai mon étreinte. Noël, qui sembla comprendre, posa le museau sur mon épaule et colla sa truffe froide contre mon oreille, comme pour me dire sa joie d'être avec nous. Quand je l'eus relâché, il trotta jusqu'à sa balle et la rapporta à mes pieds.

— Tu es du genre direct, à ce que je vois, fis-je remarquer en lançant la balle le plus loin possible, et Noël se mit à galoper.

Good Charlie aimait jouer à la balle lui aussi, même si sa préférence allait au frisbee.

Good Charlie fut enterré dans le cimetière d'un petit monastère bouddhiste juché sur les collines voisines de notre camp, à Tan Son Hut. Après avoir écouté son histoire, les moines se concertèrent quelques minutes avant de conclure que Good Charlie était la réincarnation d'un héros de guerre américain de notre lointain passé. Visiblement réjouis de sa présence parmi eux, ils promirent de veiller sur sa tombe. Leur sincérité ne faisait aucun doute.

De cette époque de ma vie, je garde des stigmates inoubliables. Une cicatrice d'abord, qui telle une voie ferrée rosée et inesthétique court de mes fesses à mon genou droit; et puis une jambe droite abîmée, source d'une pension militaire d'invalidité mais également de douleurs lancinantes qui me ralentissent dans mes mouvements. Sans oublier la médaille du mérite, qui repose dans le tiroir du haut de ma commode et que je rêve de déposer un jour à sa véritable place : sur la tombe de Good Charlie.

Les gémissements de Noël qui attendait à mes pieds que je ramasse la balle me firent revenir à la réalité.

— Te ramener ne sera finalement pas aussi facile que prévu, mon vieux, dis-je en le regardant. Mais un accord est un accord, j'ai pas raison ?

Noël me fixait depuis le sol.

— Allez, donne la patte, donne ! hasardai-je, et sans surprise, Noël me tendit sa patte pour sceller notre accord.

Le plaisir d'avoir ce chien avec nous me rappela combien le lien qui unit nos deux races peut être fort. J'envoyai la balle en direction de la maison, et Noël et moi rentrâmes dîner.

Mary Ann avait organisé un repas de fête. La table était dressée dans la salle à manger et parée de la vaisselle aux motifs de Noël que nous avait offerte notre fille quelques années auparavant et d'une des nappes de Noël préférées de Mary Ann. Des bougies rouges et vertes ornaient le centre de la table.

Le repas terminé, nous aidâmes à la vaisselle, une corvée dont Noël se fit un plaisir de s'occuper en léchant les assiettes jusqu'au moindre reste. La fin de la soirée se passa près du feu à regarder la télévision, puis j'éteignis les lumières et nous montâmes le vieil escalier pour aller nous coucher.

Dans le Midwest, dès que le soleil disparaît du ciel hivernal, les températures chutent brutalement. Les travaux d'isolation et l'installation du chauffage central dans les années 1970 n'y ont rien fait : notre maison est souvent froide et fait de nos pyjamas épais et de nos couvertures chauffantes nos indispensables compagnons d'hiver. Ce soir-là, au chaud sous les épaisseurs, le contact de Mary Ann était particulièrement agréable. Des murmures nous parvenaient de la chambre de Todd à l'étage en dessous.

— Tu sais, George, j'ai l'impression qu'il l'aime bien, ce chien.

— Non, tu crois ? ironisai-je.

— Et toi, George, tu l'aimes bien, ce chien ?

— Oui, ça peut aller. Il n'est pas trop mal dans le genre bestioles à poil.

— Je t'ai trouvé mieux aujourd'hui.

— C'est vrai, je me sens beaucoup mieux.

— Qu'est-ce qui n'allait pas ? demanda Mary Ann en posant la main sur mon bras.

— J'avais besoin de réfléchir.

— C'était à prévoir, non ?

— Oui, sans doute.

Elle mit la tête sur mon épaule.

– Je voudrais te dire merci, poursuivis-je.

– Merci pour quoi ?

– Est-ce que je t'ai suffisamment dit à quel point tes lettres ont compté pour moi ?

– Des milliers de fois.

– J'aurais dû te le dire des millions de fois. Merci, Mary Ann.

– Je t'aime, George.

– Je t'aime aussi. Bonne nuit.

Chapitre 6

Le dimanche 20 décembre arriva, et avec lui les préparatifs du dîner familial et des portes ouvertes. Le parfum du jambon et de la dinde en train de rôtir s'était diffusé jusque dans la cour où il excitait volailles et porcs, et la vapeur des pommes de terre réduites en purée recouvrait les fenêtres de buée tandis que le café filtrait dans la vieille cafetière sur la cuisinière. Au cours de la journée, je fis plusieurs pauses pour venir inspecter les progrès de Mary Ann, en utilisant la technique du goûteur : mon *timing* était chaque fois parfait, et vers quatorze heures j'arrivai juste au moment où elle sortait du four ses petits biscuits en forme d'arbres de Noël – une fournée de cookies à l'avoine étant déjà en train de refroidir sur le vieux comptoir en chêne massif. C'était trop de travail pour Mary Ann, il fallait bien que Todd, Noël et moi l'aidions !

Nous empilâmes les biscuits rescapés dans des assiettes, dressâmes la table et apportâmes les derniers ajustements aux guirlandes lumineuses et à la décoration. Nous prîmes ensuite chacun notre douche, puis les trois mâles de la maison (deux humains et un canin) firent une petite sieste sous une vieille courtepointe, devant un feu crépitant qui embaumait le cèdre et le pin. Le reste de l'après-midi, Todd et moi ne fîmes rien de plus qu'ajouter des bûches dans l'âtre, nous entretenir de considérations canines et écouter la pluie battante sur le toit.

Ce n'est qu'en début de soirée que mes enfants commencèrent à arriver, accompagnés de leurs familles, par la porte de derrière – seuls les étrangers empruntaient l'entrée principale. La pluie s'était calmée, cédant la place à un petit crachin hivernal. La neige fondue gonflée d'eau de pluie ruisselait en une multitude de rigoles, ravines et rivelets, et depuis le porche où j'accueillais les miens, on entendait les eaux déchaînées de Kill Creek rouler jusqu'à sa confluence avec la rivière Kaw.

Au gré des échanges de baisers et d'embrassades avec enfants et petits-enfants, la maison s'emplit du bruit animé des vœux de joyeux Noël. Manteaux, chapeaux et écharpes étaient abandonnés tandis que Todd entraînait chaque membre au salon afin de lui présenter notre invité d'honneur.

Ce dernier, qui se chauffait au coin du feu et semblait peu enclin aux formalités, ne bougea pas de sa couverture. Toutefois, les caresses sur la tête et les grattouillis derrière les oreilles furent tolérés, et sa grosse queue touffue qui battait la mesure sur le sol indiquait son plaisir sincère à chaque nouvelle présentation. Lorsque la famille fut au complet, il fut temps de passer à table et de s'échanger les derniers potins familiaux.

Au cours du repas, Todd expliqua une énième fois à sa grande famille le principe du programme « Un foyer pour Noël ». Noël roula sur le ventre et posa la tête sur ses pattes avant, les oreilles dressées et attentif, comme s'il devinait qu'on parlait de lui.

Ma fille Hannah et mes brus s'émerveillaient du projet tandis que mes fils affichaient des sourires en coin, pensant sûrement : « Papa s'est fait avoir sur ce coup-là ».

Le défilé des plats s'accompagnait de celui des regards en direction du chien, chacun y allant de son petit compliment : « Je suis sûr que c'est le meilleur chien du refuge, peut-être même de tout le pays », « Oui, tu es tout beau, mon vieux », et beaucoup de « Oui, bon toutou ! ».

Todd et moi-même avions des sourires ravis. C'était nous, après tout, qui avions bien choisi.

Noël aussi semblait apprécier les louanges : à chaque nouveau compliment, il s'écartait toujours un peu plus de sa couverture pour se rapprocher de nous, pour finir par se lever franchement et venir se poster directement sous la table, comme n'importe quel chien un tant soit peu intelligent aurait fait, à portée des pieds en chaussettes qui lui caressaient le dos et des morceaux savoureux qui tombaient « accidentellement » des mains des convives.

Je voulus éclaircir un aspect du programme que Todd n'avait pas mentionné.

— N'oublie pas, Todd, quand est-ce que Noël se termine ? demandai-je, l'air de rien.

Todd baissa le nez dans son assiette et répéta sa leçon.

— Noël se termine le 26. C'est le jour où on doit le ramener au refuge.

J'aurais dû savoir que le moment était mal choisi. L'évocation du retour de Noël jeta un froid : les petits minois de la table se renfrognèrent, et mes fils me jetèrent des regards incrédules, réprobateurs même. Le silence gêné qui pesait sur la pièce m'indiquait que j'étais en mauvaise posture. Je sentis l'angoisse monter.

J'avais essayé de faire un geste pour le bien de Todd et de ce chien, et voilà que si l'on ne le gardait pas, ce serait moi, et non lui, qu'ils allaient enfermer en cage et ramener au refuge ! J'ignorais comment me sortir de ce faux pas.

Muet sur ma chaise, je laissai les autres reprendre le cours de la conversation qui, inévitablement, se recentra sur Noël, et dont je me sentis exclu.

Notre invité canin circulait autour de la table au gré des caresses sur la tête, des petits mots affectueux et des morceaux de viande ou autres délices. Je levai les yeux au ciel : personne ne faisait le moindre effort pour lui apprendre les bonnes manières ! Les femmes de la table se pâmaient d'adoration devant lui, à commencer par ma fille Hannah, une comptable récemment divorcée et sans enfants. Sa façon de lui parler, de prendre sa tête dans ses mains me fit m'affaler davantage sur ma chaise, les bras croisés sur la poitrine.

— Je crois bien, Noël, que tu es le plus beau et le plus gentil chien que j'aie jamais connu !

Noël accepta le compliment avec dignité, comme un être habitué aux témoignages d'admiration.

— Qui donc pourrait avoir envie de t'envoyer en refuge ? poursuivit-elle. Comment a-t-il atterri au refuge déjà ? insista-t-elle en levant vers moi des yeux incrédules.

— Ils ne savent pas exactement, il s'est présenté de lui-même. Dis-moi, Hannah, fis-je pour détourner la conversation, j'ai une question à te poser concernant mes impôts.

— Ne t'en fais pas, papa, je suis sûre que les dépenses liées au programme sont déductibles.

Quelqu'un a-t-il vérifié que Noël a bien eu tous ses vaccins ? Tu devrais peut-être t'en occuper. Le vétérinaire se déplacerait sûrement demain si tu l'appelais tout de suite.

Ce fut ensuite au tour des garçons, lesquels semblaient beaucoup s'amuser de la situation – à mes dépens, cela ne faisait aucun doute. Jonathan était charpentier et avait épousé son amour de lycée dont il avait eu lui aussi trois garçons. En tant qu'aîné, il considérait certainement comme son devoir de ne pas laisser le dernier mot à sa sœur.

— Mon pauvre vieux, c'est peut-être ton dernier Noël devant un bon feu, qui sait où tu seras l'année prochaine ? Tiens, prends ce morceau de dinde. Contrairement à toi, j'aurai bien d'autres occasions d'en manger dans ma vie.

Il tendit à Noël un beau morceau de volaille que le chien emporta avec lui devant la cheminée.

Tout le monde s'amusait, mais ça ne me faisait pas rire. Il ne manquait plus qu'il appelle pour qu'on le serve !

Entre deux éclats de rire, mon fils cadet, Thomas, avança qu'à l'âge de Noël le moindre changement d'environnement était facteur de stress.

— Papa, sois prudent en ramenant cette vieille bête au refuge, fit-il en souriant de toutes ses dents. L'arrière de ton vieux pick-up n'est pas des plus confortables. Pourquoi ne pas lui installer un matelas dans le bac ?

Ryan, mon fils du milieu, avait quant à lui hérité d'une nature plus réservée, de sorte qu'il se contenta de souligner d'un large sourire chacune des remarques de ses frères et sœur. Ses yeux pétillaient d'amusement tandis que je me tordais toujours plus d'embarras sur ma chaise.

C'était sans doute mon imagination, mais il me semblait qu'à chaque fois que quelqu'un mentionnait les fêtes de Noël, hommes, femmes et enfants tournaient invariablement le regard vers moi. Bien sûr, les subtilités de la conversation échappaient totalement à Todd qui se réjouissait simplement que son chien attire autant l'attention.

Quand les plus gros mangeurs partirent en cuisine se resservir, Todd s'excusa et quitta la table, son assiette à moitié entamée. Noël le suivit jusqu'à la porte de la salle à manger.

— Regardez, tout le monde. Assis ! ordonna-t-il, et le chien s'exécuta.

La démonstration se poursuivit avec différents ordres auxquels Noël se plia de bonne grâce. Quand Todd ordonna « pas bouger ! » avant de s'éloigner en direction de la cheminée, l'assistance à son comble applaudit à tout rompre. Todd autorisa alors Noël à le rejoindre et à s'asseoir à côté de lui près de la chaleur du feu.

Une fois confortablement installé, Todd alluma sa radio, enfonça les écouteurs dans ses oreilles et se mit à chanter à tue-tête ses interprétations désaccordées des chants de Noël.

Le chien renversa la tête en arrière et se mit à hurler : sa loyauté venait de trouver ses limites. Heureusement pour nous que nous étions en famille, car un éclat de rire général fusa, qui manqua faire chavirer de leurs chaises les aînés de Todd.

Quand les rires se furent calmés, Mary Ann inversa l'humeur ambiante en lançant son premier assaut.

— Je ne me souviens pas avoir vu Todd plus heureux qu'en s'occupant de ce chien. Il a fait preuve d'une grande responsabilité avec lui, et tous les deux ont une relation à part.

— C'est vrai, mais quand est-ce que Noël se termine, Todd ? m'obstinai-je sottement.

Il y eut un long silence. Mary Ann plia sa serviette et la posa résolument sur la table, comme pour me signifier qu'elle était prête à renchérir. J'avais le sentiment très net que mon alliée de toujours était sur le point de me lâcher.

— George, le révérend dit que nous devons faire preuve de bonté et de générosité chaque jour que Dieu fait, et pas seulement à Noël !

Elle ramassa sa serviette et s'essuya la bouche d'un geste sec, comme pour effacer de ses lèvres toutes traces de paroles désagréables. Mon malaise empirait.

Toute riposte était vouée à l'échec, aussi me contentai-je de terminer mon repas en silence, le nez dans mon assiette. J'étais vaincu, alors pourquoi continuer à me battre ? Je commençai à me faire à l'idée de garder Noël, et à dire vrai, elle n'était pas pour me déplaire ; mes craintes semblaient infondées, et j'appréciais sa compagnie. Pourtant, une autre raison justifiait son retour au refuge, peut-être la plus importante : mon fils et moi avions passé un accord et je souhaitais qu'il le respecte ; Todd devait apprendre à se comporter un peu plus comme un adulte et un peu moins comme un enfant. Les adultes tiennent leurs promesses, même celles qui les incommodent, et pour en devenir un, il faut apprendre que toutes les bonnes choses ont une fin.

Tout le monde semblait ignorer un autre point encore : pour que le programme « Un foyer pour Noël » soit pérenne, les familles ne devaient pas se sentir acculées ; si je décidais d'adopter définitivement Noël, par exemple, notre famille ne participerait plus au programme l'année suivante ni celle d'après.

Le repas terminé, nous débarrassâmes la table et fîmes la vaisselle. Commença alors le défilé des vieux amis, parents et voisins toquant à la porte de derrière pour rendre leur visite annuelle, les bras chargés de sucreries, de tartes, de gâteaux et de petits présents – un rituel dont j'aurais fort bien pu me passer cette année-là.

Les femmes menaient le cortège, suivies de leurs époux qui avançaient les mains fourrées dans les poches.

Tous se retrouvèrent au salon, attirés là non pas par le vieux train sous le sapin ou bien la jolie poupée dans son berceau, mais par Todd qui les tirait par la manche en insistant pour leur présenter Noël.

— Venez, j'ai quelque chose à vous montrer, Hank, fit Jonathan en guidant la troupe vers le trône royal. Je vous présente Noël, le chien de Todd, annonça-t-il, impitoyable, en m'adressant un grand sourire.

Hank était un riche fermier de quatre-vingt-huit ans, robuste et à l'esprit vif, que je considérais comme mon deuxième père. Sa ferme laitière était l'une des plus anciennes et des plus prospères de cette région du Kansas, une affaire familiale dont Hank avait hérité un sens farouche du travail et une approche audacieuse de la vie. Fin *businessman*, il ne perdait jamais son temps avec une bête qui ne rapportait pas. Étonnamment, Hank avait toujours eu un faible pour Todd et pris le temps de s'intéresser à ce qu'il faisait, c'est pourquoi je ne fus pas le moins du monde surpris de le voir se pencher et gratter Noël sur le ventre avec ses longs doigts ridés, pendant que Todd détaillait pour la énième fois le concept du programme.

Hank attendit patiemment que Todd ait terminé, puis il ôta de sa bouche son sempiternel cigare éteint et proclama, avec toute l'autorité et la sagesse que seul l'âge confère :

— Voilà un bien bel animal.

Toutes les têtes de la pièce opinèrent. Un sourire s'épanouit sur le visage de Todd.

— Et alors, qu'est-ce qui ne va pas, George ? s'étonna Hank qui avait dû remarquer mon absence d'adhésion. Tu n'aimes pas Noël ?

Todd, ce cher ange, vint à la rescousse.

— Mais si, Hank, papa aime Noël. Il m'a même aidé à aller le chercher et aussi à le choisir parmi tous ces chiens qui attendaient une maison pour les fêtes.

Un détail dans ce que Todd venait de dire me titilla, et tandis que je cogitais en me frottant le menton, l'idée se révéla soudain à moi : changer de perspective, cesser de me voir comme le méchant de l'histoire, voilà la clé de mon salut ! Todd avait raison : c'était mon projet autant que le sien. Il fallait que je me serve de cela.

— Au contraire, Hank, commentai-je en m'avançant vers Noël, c'est un des chiens les plus gentils que j'aie vus. Il est épatant. Dommage qu'il ne soit pas à nous. Comme Todd te l'a expliqué, le refuge ne fait que nous le prêter pour les fêtes.

Je marquai une pause puis enchéris :

— Mais j'y pense, Hank, j'ai leur numéro dans la cuisine. Ils sont ouverts jusqu'au 24 à midi, tu pourrais prendre un chien toi aussi !

On aurait dit qu'il venait de se brûler car Hank se redressa et recula d'un bond.

— Non ! s'écria-t-il, tu sais bien que nous sommes beaucoup trop vieux pour prendre un chien. Jane, fit-il en s'emparant du bras de sa femme, nous ferions mieux d'y aller, d'autres visites nous attendent. Allez !

— Laisse-moi aller te chercher le numéro, Hank, insistai-je en traversant la pièce, ça ne me prendra qu'une minute !

Mary Ann, les yeux embués de larmes, était aux anges.

— George, c'est le plus beau geste que tu pouvais faire pour ces chiens, dit-elle d'une voix tremblotante.

Jane lâcha le bras de son époux depuis soixante-quatre ans et s'avança vers moi, le visage rayonnant.

— Évidemment que nous aimerions prendre un chien nous aussi, George ! C'est un projet formidable que Todd et toi soutenez.

Elle se retourna vers Hank, qui avait adopté une raideur fébrile. Son visage fatigué afficha soudain ses quatre-vingt-huit années.

— Moi aussi je trouve l'idée formidable, chérie, mais à notre âge ? argua-t-il en saisissant le bras de Jane pour plaider sa cause.

Jane retira son bras et le cloua sur place d'un regard glacial. Défait, Hank baissa la tête.

— Très bien, Jane, prenons le numéro, souffla-t-il. Je suppose qu'avoir un chien à la maison pourra rendre les fêtes plus gaies.

— Tu sais, Hank, j'en connais un qui sera ravi de t'aider à choisir ton chien, dis-je en lui donnant une petite tape consolatrice dans le dos.

Je cherchai Todd du regard mais il n'était pas dans la pièce. Ses frères, eux, affichaient des sourires narquois, se repaissant du mauvais tour que je venais de jouer à ce pauvre Hank. La chose ne me plut guère ; les garçons s'amusaient un peu trop à mon goût aux dépens de mon vieil ami. L'idée me vint alors de pousser la fourberie jusqu'au bout.

— Dis-moi, Hank, si chaque personne dans cette pièce prenait un chien – voire, appelait un ami ou deux – tu ne crois pas qu'on arriverait à vider le refuge pour Noël ?

Hank oscilla d'un pied sur l'autre, sans comprendre où je voulais en venir.

— C'est un peu comme faire famille d'accueil, mais pour un chien. On lui offre un foyer le temps d'une semaine, ou plus si on le souhaite, et ça fait du bien au chien. Toi et moi ne garderons peut-être pas notre animal – d'ailleurs, Todd et moi nous sommes déjà mis d'accord pour le ramener le 26 – mais certaines familles décideront sans doute d'adopter le leur. C'est pour ça que le programme marche. Imagine un peu le nombre de familles d'accueil potentielles qu'il y a, rien que dans cette maison !

Hank commençait lentement à mesurer les implications de ma proposition.

— Si je comprends bien, George, dit-il le sourire aux lèvres, ce n'est pas seulement toi ou moi qui devrions accueillir un chien pour Noël, mais chaque famille ici présente ? Celle de Jonathan, de Hannah, de Ryan, de Thomas ?

Mes trois fils me fixaient, incrédules.

— Tu as tout compris ! répondis-je.

L'appât était en place. Et ce ne fut pas une, mais trois belles-filles qui mordirent à l'hameçon.

— Quelle bonne idée ! s'exclamèrent mes trois adorables brus, frénétiques. Pourrait-on avoir ce numéro nous aussi ?

En quelques instants, tout le monde prenait déjà ses dispositions pour accueillir son propre chien, avec en arrière-fond une cacophonie de voix d'enfants suppliant leurs pères : « D'accord, papa ? », « S'il te plaît, papa ! », « Papa, on peut, dis ? » Tous papillonnaient autour de moi en quête de conseils et d'informations, que je dispensai généreusement, sur la façon de choisir un chien.

Ne souhaitant pas lésiner sur ma victoire, je cherchai du regard le fils qui s'était montré le moins charitable envers son pauvre père.

— Jonathan, dis-moi... Avec trois garçons, pourquoi ne pas envisager de prendre trois chiens ?

Hank saisit immédiatement la portée de ma manœuvre. Ses yeux brillaient de malice lorsqu'il les baissa lentement vers le tapis et ajouta, le plus sérieusement du monde :

— C'est dur de se sentir exclu, particulièrement à cette époque de l'année.

Comme souvent, je l'admets, je ne pus m'empêcher d'en rajouter :

— Si tu veux, suggérai-je de ma voix la plus humble et la plus sincère possible, je demande au vétérinaire de passer par chez toi en partant, afin qu'il vérifie que tes trois bêtes sont elles aussi bien à jour de leurs vaccins ?

Vers 22 heures, notre journée « portes ouvertes » s'achevait au terme d'une soirée entière à vanter auprès de nos invités de passage les mérites du programme « Un foyer pour Noël », leur suggérant que ce concept qui consistait à accueillir un chien le temps d'une semaine pour lui offrir un peu d'affection devienne une nouvelle tradition familiale dans le comté de Cherokee. Todd s'était montré très enthousiaste et n'avait pas relevé une seule fois quand j'expliquais que notre chien, lui aussi, n'était qu'un invité.

J'imaginai les conversations que devaient avoir mes fils dans leurs voitures sur le trajet du retour, avec mes petits-enfants en train de babiller sans fin à propos de leurs futurs chiens de Noël. En même temps que je ressentais une pointe de culpabilité, je me rendis compte de la facilité avec laquelle les enfants s'étaient désintéressés de leurs futurs cadeaux de Noël au profit d'un chien à aider.

Tout ce petit monde devait sûrement discuter races, âges et caractères, mais tous étaient d'accord sur un point : aucun autre chien du refuge n'égalerait Noël ; ils tâcheraient donc de choisir de leur mieux, car enfin, chaque animal avait droit à son foyer pour Noël, non ? J'entendais d'ici mes fils demander : « Et quand est-ce que Noël se termine ? »

Todd avait ouvert la voie, et elle était positive : inciter nos enfants et nos petits-enfants à s'intéresser à autre chose qu'à eux-mêmes semblait les rendre heureux et ravivait l'esprit de Noël.

Todd s'était endormi sur le canapé, Mary Ann rapportait à la cuisine les derniers verres de soda à moitié vides et Noël, le ventre plein, dos au feu et les quatre pattes étirées, semblait déjà installé pour la nuit. En temps normal, j'aurais laissé le feu mourir, mais ce soir-là j'y jetai deux bûches supplémentaires avant de remettre en place le pare-feu et de me baisser au-dessus de celui à qui je devais mon récent état de grâce.

— Sacré journée, mon vieux, hein ? dis-je en lui flattant la tête. As-tu la moindre idée de ce que toi et Todd venez de mettre en route ?

Noël ouvrit des yeux verts ensommeillés et inclina la tête – et que je sois maudit si ce n'est pas un sourire que je vis sur ses babines noires retroussées ! Sa queue se mit à fouetter mollement. Il fallait bien l'admettre, Noël était un bon chien.

— Bonne nuit, Noël, à demain matin.

Je couvris Todd d'une couverture puis éteignis la lumière.

— Mary Ann, murmurai-je, je monte me coucher.

— Je te rejoins dans quelques minutes, George, répondit-elle, mon nom s'épanouissant dans sa bouche avec tout l'amour qu'elle me portait, tandis que je montais déjà l'escalier.

Après m'être brossé les dents, avoir pendu mon jean, aligné mes bottes sous le lit et éteint la lumière, je me glissai sous les couvertures et attendis Mary Ann. J'allais m'assoupir lorsque j'entendis ses pas approcher, plus rapides qu'à l'accoutumée et avec une vivacité que je lui croyais perdue. Mais je n'étais pas au bout de mes surprises.

Lorsqu'elle bondit sur le lit, je tendis la main pour la caresser mais mes doigts rencontrèrent quelque chose de chaud et de velu. C'était Noël.

— On peut savoir ce que tu fais là, vieille crapule ?!

Sa queue battait la mesure sur le lit et je sentais la chaleur diffuse de son corps contre mes jambes. Je me rallongeai lentement pour ne pas qu'il bouge : quelle importance après tout s'il passait la nuit là ? C'était mon devoir d'hôte, je devais le remplir du mieux possible, même si c'était provisoire.

Lorsque Mary Ann vint se coucher, j'étais déjà endormi.

— George ? dit-elle en me donnant un léger coup de coude pour me réveiller.

Mon sommeil n'était pas encore très profond.

— Oui, chérie, qu'y a-t-il ? répondis-je en me redressant sur le coude.

— Je m'inquiète pour toi.

— Et pourquoi ça ?

— D'après ce que je constate, tu t'es fait un copain.

— Et alors ?

— Quand est-ce que Noël se termine, George ?

– Le 26, quelle question. Pourquoi tu me demandes ça ?

Elle ramena les couvertures sur elle avec un petit rire amusé et se retourna pour s'endormir.

Chapitre 7

De retour de mes corvées matinales le lendemain, je trouvai Todd au téléphone dans la cuisine, sous le regard de Mary Ann.

— Il en reste combien, Hayley? demanda-t-il tout en se débattant avec son crayon pour numéroter de un à seize les lignes d'une feuille de papier. Attendez un instant, je note.

Il énonçait lentement les nombres au fur et à mesure :

— Douze... treize...

Hayley attendit patiemment qu'il finisse. Il s'appliqua ensuite à écrire sur chaque ligne la description d'un chien. J'observai par-dessus son épaule tandis qu'il griffonnait la première ligne de son écriture biscornue et mal orthographiée : « Huski, croisé bergé aleman, six ans, femel. »

Mon expression devait refléter mon exaspération car Mary Ann fronça les sourcils et me fit signe de me taire.

Noël, chef de file de l'opération, se tenait aux pieds de Todd, sa queue balayant le sol sur un rythme à trois temps. L'animal se sentait comme chez lui – à croire qu'il avait grandi dans notre famille.

Je secouai la tête : à cette allure, il y en avait pour toute la matinée, or Hayley avait sûrement mieux à faire au refuge. N'y tenant plus, je finis par intervenir.

— Laisse-moi faire, Todd, dis-je en lui retirant doucement le téléphone des mains. Hayley, c'est George à l'appareil, en quoi puis-je vous aider ?

— Vous m'avez déjà aidée, M. McCray, plus que vous ne l'imaginez ! Notre programme est un véritable succès cette année. Au refuge, nous n'entendons plus que des « les McCray nous envoient ». Et voilà que maintenant, Todd m'apprend que vous proposez de trouver un foyer à *chacun* des chiens ! Nous sommes très heureux, c'est une merveilleuse nouvelle !

— Hayley, nous vous aiderons bien sûr, mais je doute que nous parvenions à tous les placer. Il doit vous en rester des dizaines encore.

— Grâce à votre famille, nous en comptons déjà vingt-huit en moins, hormis les bêtes en quarantaine.

— Bon, dites-moi combien d'animaux il vous reste, et de notre côté nous allons voir ce que nous pouvons faire. Mais je ne peux pas vous garantir que le refuge sera vide pour Noël.

Hayley me communiqua la liste des chiens restant candidats à l'adoption, puis nous raccrochâmes.

— Je pars me remettre au travail, fis-je en me retournant vers Todd. Pendant ce temps, réfléchis à des familles d'accueil possibles pour les chiens.

Après avoir remplacé un fil électrique dénudé du thermostat du réservoir d'eau des bêtes, je rentrai prendre mon petit déjeuner et voir si Todd avait avancé. Devant lui s'étalaient plusieurs papiers portant le nom de foyers potentiels qu'il essayait de faire correspondre à la liste ; il en était au chien numéro quatorze. Son écriture se dégradait, mais elle était encore lisible : « Collé croisé, femel, 7 ans… Marq et Carie. »

En allant me laver les mains, je me demandai s'il ne valait pas mieux arrêter tout ça et si la situation n'était pas en train de nous échapper. Qui étais-je pour imposer à ma famille et à mes amis la même situation inconfortable dans laquelle je m'étais moi-même retrouvé ? En outre, je craignais d'exercer trop de pression sur Todd. Tout en me frottant les mains, j'interrogeai l'homme dans le reflet du miroir devant moi, mais il n'en savait pas plus ; tout ce qu'il sentait, c'était la bonne odeur de café frais et celle des saucisses et des biscuits en train de cuire. Le cliquetis des couverts et des assiettes placés en hâte sur la table me signala que le petit déjeuner serait bientôt servi.

Après toutes ces années de mariage, ce don qu'avait Mary Ann à retirer le repas du feu au moment précis où je fermais le robinet de notre vieil évier continuait de m'impressionner.

Ma femme et moi nous attablâmes, mais Todd, de nouveau au téléphone avec Hayley pour collecter de plus amples informations sur les chiens, ignora son assiette. On aurait dit deux amis en train de discuter.

— Oui, dit Todd, je l'ai baptisé Noël. Il est à mes pieds, là. On va trouver une famille à chaque chien.

— Todd ! ne puis-je m'empêcher d'interjeter. Cesse de lui répéter ça, on ne peut rien promettre !

— Il faut que je raccroche, mon papa et moi avons beaucoup de travail à faire.

Tout sourires, Todd reposa le combiné. C'était la première fois que je le voyais aussi heureux : il ne ressentait aucune pression, seulement la félicité des justes. Touché par l'esprit de Noël, je sentis mes doutes s'envoler, et bien qu'il n'ait pas été dans mes intentions au départ de passer ma journée à chercher des logements provisoires pour des chiens, je décidai finalement de me jeter à l'eau.

— Passe-moi la liste, Todd, et jouons les entremetteurs ! Mary Ann, appelle tous ces gens. Parle-leur du chien qu'ils vont accueillir et demande-leur à quel moment ils peuvent aller le récupérer. Et surtout, ne leur laisse pas le temps de protester ni même de réfléchir.

Croyant détecter quelques signes d'objection sur son visage, je me postai devant elle.

— Il s'agit d'un projet familial, Mary Ann, nous avons besoin de ton aide. Todd, je suis sûr que Hank n'a pas encore choisi son chien, que dirais-tu si on lui facilitait la tâche ? Un fermier laitier n'a pas besoin d'un aboyeur. Ce qu'il lui faut, c'est un chien plutôt vieux et calme.

Todd parcourut la liste des yeux jusqu'à ce qu'il trouve le partenaire idéal pour Hank, dont il griffonna le nom devant le numéro de Sally.

— Et avec elle ? demanda-t-il en me mettant la feuille sous le nez.

— Oui, je me rappelle : un vieux coonhound flemmard qui n'avait pas daigné venir nous saluer. C'est un excellent choix pour notre vieux Hank, je n'aurais pas trouvé mieux. Ce qu'il nous faut à présent, c'est un négociateur, quelqu'un capable de conclure l'affaire. Quelqu'un qui posséderait un pouvoir de persuasion incomparable, comme un professeur en débat, par exemple. Connaîtrais-tu par hasard une personne qui n'accepterait aucun refus ?

— Comme maman ?

— Super, elle sera parfaite pour ça ! Mary Ann, dis-je en me tournant brusquement vers mon épouse. Téléphone à la femme de Hank et dis-lui qu'ils auront un coonhound femelle noir et sable âgé de douze ans, qui s'entend avec toutes les races de vaches, surtout les Holstein.

Mary Ann sembla elle aussi se prendre au jeu. Elle s'empara du téléphone et d'un air résolu composa le numéro des Fisher.

— Jane, bonjour, c'est Mary Ann. Comment ça va, ce matin ? Il fait beau, n'est-ce pas ? Est-ce que Hank a terminé sa traite du jour ? Merci d'être passés hier. Écoute, Jane, George et Todd viennent de raccrocher d'avec le refuge et je crois qu'il leur reste un coonhound sur les bras, une chienne nommée Sally…

Elle marqua une pause puis passa à l'attaque :

— Est-ce que toi et Hank êtes toujours intéressés ?

Il y eut un long silence. Todd et moi commençâmes à être inquiets.

— Ne t'en fais pas, Jane, reprit enfin Mary Ann. Je suis sûre que Todd et George pourront vous l'amener et la reconduire pour vous au refuge.

Une autre pause suivit, dont je profitai pour me rapprocher du combiné afin d'entendre ce qui se disait à l'autre bout de la ligne. Jane ergotait sur des détails, sa voix m'était à peine audible :

— Nous n'avons pas de nourriture pour chien, et nous ne serons pratiquement pas à la maison le jour de Noël. Et puis Hank a peur que le chien perturbe les vaches.

— Nous leur achèterons la nourriture pour chien, soufflai-je à Mary Ann, mais celle-ci me poussa et me tourna le dos.

J'ignore pourquoi, mais comme de nombreuses épouses, Mary Ann n'aime pas que je lui parle lorsqu'elle est au téléphone.

— Je comprends très bien, Jane, à vos âges... Parles-en à Hank, et si jamais il change d'avis, qu'il nous appelle. Joyeux Noël à tous les deux !

Todd me regarda d'un air stupéfait.

— Papa, je n'y comprends rien. Pourquoi est-ce que Hank a changé d'avis ? Pourquoi est-ce qu'il ne veut pas accueillir un chien pour quelques jours ?

Il n'existait pas de réponse acceptable aux yeux de Todd : jamais il n'aurait pu comprendre que pour beaucoup d'entre nous la générosité se tarissait avec les années.

— Je ne sais pas, fiston, peut-être parce qu'il a trop de vaches.

L'argument, bien sûr, n'était qu'un prétexte : à la place des vaches, d'autres auraient avancé les enfants, le travail ou des problèmes quelconques.

Bien que la leçon soit rude pour Todd, elle lui permettait de constater par lui-même que l'on faisait rarement de la place pour les autres dans nos vies.

Les deux appels suivants ne se révélant pas plus concluants, je commençai à douter de la réussite du projet. Quelque chose me disait qu'il valait mieux en rester là pour le moment, mais Todd ne voulait rien savoir.

— Jonathan prendra les chiens, lui, c'est sûr. Appelle-le !

Ce fut ma belle-fille qui décrocha.

— Bonjour, Karen, c'est George. Nous étions ravis de vous voir hier soir, toi et les garçons. J'espère que vous avez passé un bon moment ?

— Oh, George, nous nous sommes régalés ! Les enfants en sont encore tout excités.

— Vraiment ? avançai-je, en espérant qu'elle m'en dirait plus sans que j'aie à demander.

— Absolument. D'ailleurs, ils sont en route pour le refuge en ce moment même.

— Cela t'embêterait-il de répéter ça à Todd, s'il te plaît ? Il est juste à côté de moi et je crois que ça lui fera plaisir.

— Aucun problème, répondit-elle.

Je transmis le combiné à mon fils.

Ils discutèrent quelques instants. Todd était clairement enchanté d'apprendre l'engagement de son grand frère.

Un autre appel nous informa à son tour que notre fille Hannah avait passé la matinée à essayer d'infiltrer en cachette un braque allemand plutôt turbulent dans son appartement, où les animaux sont interdits dans le règlement

– elle maintenait toutefois que la règle ne s'appliquait pas aux invités temporaires, et comme elle était une comptable avertie très au fait des règlements et autres contrats, Todd et moi lui fîmes entière confiance.

À la date du 22 décembre, les membres de notre famille s'étaient réparti douze chiens. Nos amis et voisins en avaient pris quelques-uns de plus, mais le refuge en comptait encore dix-sept à placer, et nos pistes se tarissaient.

Todd ne s'alarma pas. Il attrapa notre répertoire téléphonique et annonça en sortant qu'il avait quelques appels à passer. Il partit seul vers l'étable d'où il revint une heure plus tard, avec un sourire jusqu'aux oreilles qui laissait figurer qu'il avait convaincu soit le gouverneur soit les parlementaires d'accueillir chez eux les derniers occupants du refuge. Le mystère ne tarda pas à être levé.

Il était environ 14 h 30 le même jour lorsqu'un fourgon de télévision arriva dans notre campagne, sur les indications de Todd. C'était le même que j'avais déjà vu, stationné devant le tribunal du comté, avec un gros « 5 » sur les côtés et une antenne satellite sur le toit. Je crus d'abord que ses passagers s'étaient perdus ou qu'un accident était survenu sur la nationale voisine, mais une femme que je reconnus comme la présentatrice de la chaîne locale Channel 5 se présenta à la porte.

— C'est peut-être pour nous vendre un truc ! cria Todd.

— Non, c'est un fourgon de télévision.

— Oh, alors c'est pour moi, déclara-t-il d'un air naturel.

Ce n'est qu'à ce moment-là que je compris ce que Todd avait manigancé dans l'étable. Mary Ann et moi échangeâmes des regards intrigués, puis nous nous dirigeâmes tous les trois vers la porte d'entrée pour accueillir notre célébrité locale. Brenda Lewis se présenta et demanda à parler à Todd qui s'avança aussitôt, main tendue.

— Je suis ravie de faire ta connaissance, Todd, dit-elle en lui souriant. Après notre conversation ce matin, le directeur de la chaîne et moi-même avons décidé de suivre ton conseil et de faire un reportage sur le programme « Un foyer pour Noël ». Peut-on entrer pour en parler ?

— Oui, je vous en prie.

Tout le monde prit place sur le canapé devant le feu. Brenda Lewis échangea quelques mots avec Todd, serra la patte de Noël, puis me demanda de monter le volume des chants de Noël, version Nat King Cole, que Mary Ann écoutait avant que l'équipe n'arrive. Elle demanda ensuite au cameraman de démarrer le reportage. La caméra fit une prise panoramique du canapé avec notre petite famille et

Noël tandis que Brenda Lewis décrivait l'action de Todd dans le cadre du programme « Un foyer pour Noël ». Elle informa ses téléspectateurs que le refuge resterait ouvert tard et qu'il les accueillerait jusqu'à midi le lendemain matin. Le cameraman la suivit ensuite jusqu'au fond de la pièce où il fit un plan sur nos décorations de fêtes, et Brenda Lewis de conclure, de sa plus belle voix de présentatrice :

— Faites un geste pour aider Todd à réaliser son rêve. Accueillez un chien pour Noël !

Après quoi, l'équipe de télévision nous serra la main et prit congé – non sans nous avoir informés de la diffusion du reportage au journal du soir et de la nuit. Naturellement, toutes nos connaissances furent aussitôt prévenues du passage de Todd aux nouvelles régionales, dont Hayley, qui n'en crut pas ses oreilles lorsque Todd lui téléphona. Le reste de la journée, que nous passâmes à consulter régulièrement nos montres pour être sûrs de ne pas rater le coup marketing de Todd, nous parut une éternité. Quand l'heure arriva enfin, Todd, Noël, Mary Ann et moi nous entassâmes sur le canapé devant l'édition de 18 heures, présentée par Brenda Lewis. À compter de ce jour, Todd devint un fan incontesté de Channel 5.

Après le dîner, vers 19 heures, Jonathan et ses enfants arrivèrent pour nous montrer leurs chiens ; mes petits-fils étaient surexcités. Tout le monde avait regardé les informations et taquinait Todd en le traitant de star locale, mais lui n'était pas très loquace, quelque chose devait le contrarier – pourtant, pensai-je, ce n'était pas tous les jours que quelqu'un comme lui arrivait à faire bouger les choses, même dans un petit coin du monde comme le nôtre. Après l'édition de 22 heures, identique à la précédente, Mary Ann et moi montâmes nous coucher, excités et fiers de la toute nouvelle célébrité de notre fils et de son chien d'adoption.

Arriva enfin le jour du réveillon. Beaucoup de choses restaient à faire, mais en franchissant la porte de derrière je trouvai Todd étalé par terre dans la cuisine, ses écouteurs dans les oreilles et les yeux clos, avec Noël blotti contre lui. J'attendis quelques instants puis finis par ôter mon chapeau et mes gants et m'assis à la table.

— Bonjour, Todd ! lançai-je assez fort pour qu'il m'entende. Ton aide m'a manqué pour les corvées aujourd'hui. Qu'est-ce que tu fais ?

Il retira ses écouteurs et vint s'asseoir à table sans dire un mot, les mains posées sur ses genoux.

— Qu'est-ce qui ne va pas ? Tu ne te sens pas bien ?

— Si. C'est juste que je me demande si les derniers chiens ont trouvé des familles.

– Oui, moi aussi. Appelons Hayley pour savoir.

Je laissai sonner plusieurs fois, sans succès. Avaient-ils décidé de fermer plus tôt ? J'étais sur le point de raccrocher quand Hayley répondit, hors d'haleine.

– Refuge pour animaux du comté de Cherokee, Hayley à l'appareil.

– Hayley, c'est George et Todd.

– George, nous avons placé *tous* les chiens ce matin ! C'était la folie, nos postes n'ont pas cessé de sonner ! Votre ami, le fermier…

– Hank, vous voulez dire ?

– C'est ça. Il était le premier arrivé ce matin à l'ouverture, et il a pris deux chiens !

Todd brandit le poing en signe de victoire et hurla à sa mère :

– Hank a pris deux chiens ! On a réussi, tous les chiens sont partis !

Noël se mit à aboyer frénétiquement en même temps que Mary Ann accourait, et tous les trois se livrèrent à une petite danse de la victoire.

– Merci pour tout, George, ajouta Hayley. Todd et vous avez fait une bonne action pour ces chiens.

Ces mots me mirent mal à l'aise, car Hayley ignorait que je n'y étais pour rien. Afin qu'elle entende bien, je criai à Todd :

– Bravo, Todd, tu as fait du bon boulot !

J'allais la quitter en lui souhaitant un joyeux Noël lorsque Hayley reprit la parole, avec une pointe de déception dans la voix :

— En fait, George, je vous ai dit que nous avions trouvé un foyer pour chaque chien mais ce n'est pas entièrement vrai, il nous en reste un en quarantaine, une femelle. Ne le dites pas à Todd, je peux très bien passer demain pour la nourrir, ce n'est pas un souci. Je ne veux pas qu'il croie qu'il a échoué, il s'est tellement battu pour qu'ils trouvent tous une famille.

— Pouvez-vous décaler la fermeture d'une heure ? demandai-je.

— Oui, mais il y a quelque chose que vous devriez savoir avant de venir.

— Quoi donc ?

— Cette femelle est sur le point d'avoir des petits.

Chapitre 8

Il y avait une biche dans la clairière au sud de la maison et une chouette hululait dans la basse-cour, mais ce dont je me rappelle le plus de cet après-midi-là, c'est le frisson d'excitation qui planait dans l'air sous le ciel sans nuages. Quelque chose d'extraordinaire était en train de s'accomplir dans notre petit coin du Kansas : entassés dans la camionnette, Mary Ann, Todd, Noël et moi étions en route pour aller chercher le dernier chien du refuge pour animaux du comté de Cherokee. Il était prévu que Jonathan et sa famille nous rejoignent le soir pour le dîner et l'ouverture des cadeaux, mais il avait accepté de venir plus tôt avec les garçons afin de préparer l'étable à l'arrivée de notre nouvelle invitée. Ils s'étaient tout de suite mis au travail, et nous les avions quittés en train de traîner des lampes chauffantes hors du garage et de fouiller la maison à la recherche de vieilles couvertures et de gamelles.

– On devrait peut-être se reconvertir dans les refuges pour animaux, plaisantai-je tandis que notre voiture sortait de l'allée.

Mais Todd sembla un peu trop enthousiaste, aussi je m'empressai d'ajouter :

– Je rigole ! Les refuges ne gagnent pas d'argent pour garder les animaux, ce sont des organismes à but non lucratif.

Todd afficha une mine perplexe.

– Les refuges sont comme des œuvres de charité, expliquai-je. Il n'y a personne pour payer pour la garde des chiens car ils n'ont pas de maîtres qui puissent effectuer ces paiements.

Todd ne comprenait toujours pas. Sans m'en rendre compte, j'avais poussé le raisonnement trop loin.

– Les chiens n'ont pas de maison, c'est pour ça qu'ils sont au refuge. Tu comprends ?

Todd restait muet. Bien que Hayley lui ait tout expliqué, il n'avait apparemment retenu que l'information sur la présence de chiens dans les refuges ; le pourquoi et le comment de cette présence lui étaient restés obscurs.

– Pourquoi est-ce que les chiens n'ont pas de maîtres ? demanda-t-il enfin, au terme d'une longue réflexion.

Je tentai une nouvelle fois de lui expliquer.

– Difficile à dire. Parfois des gens achètent un chien et ça ne marche pas, tout simplement. Ou bien ils passent tellement de temps à s'occuper d'eux-mêmes qu'ils n'en ont plus assez pour leur animal. Mais toi, tu n'es pas comme ça, pas vrai ?

– Non, répondit-il doucement.

– C'est ce que j'admire chez toi, Todd.

Je venais de comprendre ce qui faisait de quelqu'un un amoureux des animaux.

– Papa, qu'est-ce que Noël va devenir une fois qu'on l'aura ramené ?

– Il restera au refuge jusqu'à ce qu'une personne très gentille ait envie qu'il fasse partie intégrante de sa vie.

– Combien de temps ça va prendre, à ton avis ?

– Les bons chiens partent souvent les premiers, Todd. Peut-être pourras-tu aider Hayley à lui trouver un foyer? Et si jamais il te manque, tu auras toujours la possibilité d'aller lui rendre visite au refuge.

Todd ne souffla plus un mot, si bien que je n'eus aucun moyen de savoir si mes propos avaient pour lui le moindre sens, ni si ma suggestion de rendre visite à Noël avait été judicieuse.

Hayley était très contente de nous accueillir mais surtout surprise de voir notre petit groupe au complet. Aussitôt les présentations faites avec Mary Ann, elle nous invita à entrer et nous conduisit dans un couloir de cages vides où régnait une atmosphère étrange de villefantôme. C'est à l'extrémité d'une des rangées que nous trouvâmes la dernière venue et dernière hôte du refuge : une femelle teckel que les employés avaient baptisée Ruthie.

Avant même que Todd et moi n'ayons le temps de faire les présentations, Mary Ann, guidée par son instinct maternel, ouvrit la cage et prit Ruthie dans ses bras, laquelle colla avidement sa truffe froide sur son visage; il était clair que ces deux-là allaient s'entendre. Nous remplîmes l'inévitable paperasse, souhaitâmes une dernière fois un bon Noël à Hayley, et quelques instants plus tard nous étions à nouveau sur la route.

Les premières victimes de cette amitié naissante furent Todd et Noël, relégués le temps du trajet à l'arrière de la camionnette où ils se blottirent sous une couverture pour se protéger de l'air froid. Ruthie, elle, était assise sans bouger sur les genoux de Mary Ann.

La radio jouait des airs de Noël sur lesquels Mary Ann et moi fredonnions, le cœur joyeux. Elle m'effleura la joue de sa main puis la posa doucement sur Ruthie. C'était un réveillon qui resterait dans les mémoires.

L'activité était à son comble lorsque nous tournâmes dans l'allée de la ferme, dépassant la maison pour pénétrer directement dans la cour par le portail ouvert. Mary Ann serra Ruthie contre elle dans un geste de protection tandis que nous descendions de voiture pour nous diriger vers l'étable.

— Salut ! lança Jonathan en nous voyant entrer. Venez voir le travail qu'on a fait !

L'ancien box de Dick et Doc, les chevaux de trait de mon aïeul, avait été aménagé en maternité de fortune à l'aide d'une caisse en bois tapissée de paille avec un tas de vieilles serviettes de toilette dans un coin et surplombée d'une lampe chauffante suspendue à la charpente. Tandis que Jonathan se perchait sur une chaise de jardin qu'il venait de sortir du garage et que ses fils plantaient encore quelques clous, Mary Ann passa une jambe par-dessus la caisse et déposa délicatement Ruthie sur sa couche de serviettes.

En tant que fermiers, nous avions assisté à de nombreuses mises bas, lesquelles nous avaient enseigné que la nature était une bonne sage-femme : nous fournissions à nos futures mamans l'intimité nécessaire, elles faisaient le reste. Noël sauta dans la boîte et, après avoir reniflé Ruthie, il s'enroula contre elle en lui donnant de petits coups de museau sur le visage et les oreilles. La femelle qui n'était pas d'humeur se mit à grogner, et Noël fit sagement machine arrière. Bien qu'à son aise en présence des humains, Ruthie refusait pour le moment d'avoir affaire à un mâle de son espèce, inconnu de surcroît.

Mary Ann vilipenda la pauvre bête.

– Ah, les hommes! Vous ne saurez donc jamais quand ce n'est pas le bon moment ?

Quand Mary Ann et Todd furent satisfaits de l'installation de Ruthie, toute la famille rentra à la maison pour le dîner de réveillon. Toutefois, comme nous étions davantage préoccupés par notre invitée qu'intéressés par une seconde assiette de purée, le repas fut vite expédié ; emmenée par l'infirmière Mary Ann, notre petite troupe redéfila en sens inverse vers la maternité pour une seconde inspection. Mary Ann fit attendre les hommes dehors dans la nuit froide tandis qu'elle entrait avec Karen, la femme de Jonathan. Lorsqu'elles ressortirent, Jeremy, le cadet de mes trois petits-fils, leva vers elles des yeux avides :

– Grand-mère, est-ce qu'on peut ouvrir les cadeaux maintenant ?

Mary Ann souleva Jeremy dans ses bras et le serra contre elle.

– Le moment est arrivé, effectivement, déclara-t-elle en jetant un coup d'œil vers l'étable. Fermez la porte! cria-t-elle en s'éloignant vers la maison avec le petit.

Je ne me souviens d'aucun des cadeaux que l'on me fit cette année-là, mais pour être honnête, je recevais ou offrais rarement quoi que ce soit de véritablement indispensable. Le temps d'ouvrir tous les cadeaux, il était 20 heures passées et le moment pour Jonathan et Karen de charger les enfants dans leur voiture était arrivé.

Après leur départ, j'attachai sa laisse rouge à son collier vert et emmenai Noël faire sa promenade. Pendant que j'attendais patiemment qu'il ait terminé ses besoins, Todd et Mary Ann descendirent vers l'étable rendre une dernière visite de contrôle à Ruthie. Noël était étrangement nerveux et agité et tirait sur sa laisse en couinant, allant même jusqu'à aboyer une ou deux fois en direction des bois de Kill Creek. J'imaginai qu'une biche devait se trouver dans la clairière voisine.

Nous fûmes ensuite rejoints par Todd et Mary Ann qui m'informèrent que Ruthie se reposait paisiblement. Bien que trottant derrière nous pour nous suivre, Noël continuait de tirer sur sa laisse en rentrant à la maison et, arrivé sur le pas de la porte, il se retourna en direction de l'étable en aboyant, comme mécontent de ce qu'il laissait derrière lui.

– Qu'est-ce qui ne va pas, Noël? demandai-je. Notre Hilton n'est plus à ton goût ?

Sans doute à cause de la fatigue, personne ne remarqua que la porte de l'étable était entrouverte.

Chapitre 9

Je dormais d'un sommeil profond quand un bruit qui n'était pas celui du Père Noël descendant la cheminée me réveilla en pleine nuit. Noël aboyait et se jetait de tout son poids contre la porte de derrière, sous les hurlements de Todd.

— Papa, papa ! Quelque chose cloche avec Noël !

Les chiens possèdent différentes sortes d'aboiements : certains veulent mettre en garde, d'autres intimider. Celui-ci était un ton au-dessus et trahissait agitation et inquiétude. M'efforçant d'ignorer le vacarme, je tendis l'oreille et isolai les aboiements aigus de Ruthie : quelque chose ou quelqu'un était entré dans la grange, et ce n'était pas bon signe ! Mary Ann et moi sautâmes dans nos robes de chambre.

J'étais décidé à ne prendre aucun risque. Mon grand-père avait raison finalement, un fermier devait avoir une arme; je fouillai au fond de mon placard et m'emparai du vieux fusil dont j'avais espéré ne jamais avoir besoin. Après avoir chargé une cartouche dans la chambre, j'en attrapai une supplémentaire et dévalai l'escalier aussi vite que ma jambe encore froide et engourdie me le permettait.

Je n'eus pas le temps d'atteindre la porte d'entrée que Todd l'ouvrait déjà, laissant Noël fuser comme l'éclair, comme jamais je ne l'aurais cru capable, et sprinter en s'étirant de toute sa longueur, ses pattes effleurant à peine le sol. Incapable de rivaliser avec cette sortie éclair, je suivis de mon mieux, sous les recommandations de Mary Ann qui nous criait : « Soyez prudents ! »

Les aboiements de Ruthie dans l'étable s'intensifiaient. C'est alors que l'on entendit des grognements et des feulements, suivis d'un tumulte effroyable de bruits non identifiés.

— Todd ! hurlai-je, je t'interdis d'aller dans cette grange !

Noël, lui, n'hésita pas et s'engouffra dans le bâtiment à grand renfort d'aboiements qui se transformèrent rapidement en grognements. S'éleva alors de l'étable une rumeur que je n'avais entendue qu'à de rares occasions dans ma vie : celle, incomparable, de deux bêtes engagées dans un combat à mort; un vacarme terrifiant, sans répit, qui laissait penser que rien de ce qui se trouvait à l'intérieur n'allait survivre. Todd, qui n'avait pas encore atteint l'édifice, aurait-il suffisamment de bon sens pour ne pas interférer dans un pareil combat ? Il fallait agir sans perdre de temps.

Je levai mon fusil et tirai en l'air pour effrayer l'intrus, et Todd par la même occasion, afin de le ralentir. J'éjectai ensuite l'étui vide et rechargeai la chambre avec la seconde cartouche – je n'avais pas touché une arme depuis 1969, pourtant les mouvements s'étaient faits machinalement.

Au moment précis où Todd atteignit la porte de l'étable qui battait dans le vent, une masse marron surgit comme l'éclair de derrière la porte et manqua le faucher au passage. C'était à peine croyable : un gros couguar adulte était en train de prendre la fuite sous nos yeux, un matou énorme qui se déplaçait avec une puissance et une grâce inédites – chez l'homme comme chez l'animal.

Noël le pourchassait avec un zèle hérité de siècles d'élevage. Tous trois – Noël qui aboyait, Todd qui hurlait et le couguar – étaient en train de traverser la cour lorsque ce dernier, plutôt que de sauter la clôture, fit volte-face et se retrouva acculé par Noël.

Un détecteur de mouvement déclencha les projecteurs de l'étable qui éclairèrent les deux animaux, le félin crachant et fendant l'air de coups de pattes et Noël esquivant de gauche à droite et d'avant en arrière, avec des grognements menaçants. Lorsque le premier avançait, le second reculait, et quand le félin perdait un peu de terrain, Noël se jetait en avant – pour essuyer une nouvelle rebuffade. De plus en plus agressif, le couguar s'aplatit subitement ventre à terre et d'un bond abolit la distance qui les séparait. De sa patte droite, il assena une ample volée sur la poitrine de Noël qui fut projeté presque deux mètres dans les airs, comme une mouche chassée d'une pichenette. Sitôt remis d'aplomb, Noël repartit à l'attaque, furibond, faisant fi de la taille et de l'agilité de son adversaire.

Toute cette agitation n'était pas pour me rassurer quant à la capacité de Todd à ne pas s'interposer ; sa sécurité demeurait ma préoccupation première. Prenant bien appui contre l'étable, je pointai le viseur sur le félin, mais l'animal se trouvait à une cinquantaine de mètres, ce qui rendait le tir difficile, d'autant plus que Todd et Noël ne cessaient d'entrer et de sortir de ma ligne de mire.

– Todd ! criai-je. Baisse-toi pour que je puisse tirer !

Il devait être trop excité pour m'entendre car il ne bougea pas. La situation courait au désastre, il fallait que je mise le tout pour le tout. Je passai mentalement mes options en revue : le coup le plus facile serait de viser Todd à la jambe, ce qui pourrait fort bien lui sauver la vie; une autre option était de viser le chien, dont les attaques retenaient très certainement le félin; le couguar, enfin, constituait le coup le plus délicat des trois – mais aussi, j'en avais conscience, le seul que je pourrais me pardonner. Je fis donc une nouvelle tentative avec le viseur, mais l'animal était véloce et je n'avais qu'une confiance très limitée en ma capacité à tirer ce coup unique, *a fortiori* avec une arme aussi vieille. Blesser l'animal présentait, en outre, le risque d'aggraver la situation : en le privant de toute opportunité de fuite, il n'aurait d'autre choix que de rester et se battre. Il fallait que la balle soit fatale.

Une autre option me vint soudain à l'esprit, et bien qu'elle ne me plût pas particulièrement, je ne vis pas d'autre porte de sortie.

Je me mis en position et pressai lentement la détente. Le vieux 30-06 tressauta dans mes bras et le recul me projeta en arrière. La déflagration retentit dans tout le comté de Cherokee et figea Todd sur place, brusquement ramené à la réalité. La balle ricocha sur le gravier à mi-distance entre le couguar et Noël, et les petits projectiles fusèrent en plein dans leurs gueules.

J'abaissai mon arme : je ne disposai que de quelques secondes pour profiter du répit occasionné.

— Noël! hurlai-je à pleins poumons pour capter son attention.

Dès qu'il se tourna dans ma direction, je lui criai le seul ordre que nous avions pratiqué ensemble les jours précédents.

— Assis! fis-je en abaissant la main à l'horizontale.

Noël me fixa, sans m'obéir pour autant, mais le couguar profita de l'accalmie pour rassembler ses forces et bondir par-dessus la clôture.

Sa fuite n'échappa pas à Noël qui s'élança le long de l'enceinte à la recherche d'une trouée. Indifférent à nos appels, il trouva finalement une ouverture dans laquelle il se glissa et s'enfonça dans la nuit à la poursuite du félin, en jappant tel un chien de meute.

Rapidement, les deux animaux franchirent la clairière au-delà de la portée de nos projecteurs et s'engouffrèrent dans les bois. Le félin, pensai-je, sèmerait probablement Noël en un rien de temps.

— Tout va bien, Todd? Viens, allons voir dans l'étable.

Il hésita, figé devant la clôture, puis se retourna et me rejoignit. Le temps d'arriver à la porte, j'étais déjà essoufflé et pantelant. J'allumai la lumière avec Mary Ann à mes côtés, tous les trois terrifiés à l'idée de ce que nous allions trouver.

Ruthie était recroquevillée dans un coin. Mary Ann s'approcha doucement de son corps inerte tandis que je restai en arrière, incapable de regarder.

— Il y en a trois ! laissa-t-elle échapper dans un cri d'excitation.

Ruthie avait donné naissance à trois petits chiots qui tétaient contre elle.

— Trois petits..., répétai-je.

Nous n'étions pas encore couchés quand Noël se présenta à l'étable, où nous étions restés auprès de Ruthie, comme s'il revenait d'une banale promenade nocturne. Hormis le coup qu'il avait reçu et quelques écorchures, il était, étonnamment, indemne.

Todd, soulagé de le voir comme nous tous, lui passa le bras autour du cou.

— C'était un gros couguar, mais pas aussi fort que Noël, pas vrai, papa ?

— Absolument. Je crois que tu avais raison, Todd, aucun couguar n'est plus fort que Noël.

Mary Ann se tourna vers moi.

— Je pense avoir vu assez d'action pour ce soir. Laissons Ruthie se reposer avec ses petits, il fera jour dans quelques heures.

Avant de sortir, nous vérifiâmes par deux fois que la porte était bien fermée.

Todd partit se coucher sur-le-champ tandis que sa mère et moi nous effondrions sur les deux larges fauteuils rembourrés situés de part et d'autre de la cheminée, nos cœurs battant encore la chamade. Noël, qui semblait lui aussi avoir du mal à se tranquilliser, vint s'asseoir entre nous et posa la patte sur mon genou.

– Tu as envie d'une caresse, c'est ça? demandai-je. Je crois que tu l'as bien méritée, tu es un sacré chien, Noël.

Il poussa un petit geignement, puis s'installa pour la nuit.

Chapitre 10

Le jour suivant fut une journée mémorable. Les corvées avaient pris du retard car Mary Ann, Todd et moi nous étions relayés toutes les heures pour surveiller Ruthie et les petits. Quant à Noël, Todd avait tenu à désinfecter les griffures – bénignes – que lui avait infligées le couguar. Hayley nous appela de chez elle et insista pour venir jusqu'à la ferme voir la portée. À son arrivée, Todd lui montra chaque chiot l'un après l'autre en lui faisant le récit des exploits de la veille ; il était difficile de dire ce qui l'impressionnait le plus : l'habileté de Todd avec les animaux ou celle de Noël avec les couguars.

Au moment qu'elle jugea opportun, Hayley me prit en aparté :

— George, pourrez-vous m'appeler après les fêtes, s'il vous plaît ? chuchota-t-elle. J'aimerais vous parler de Todd, nous avons peut-être une proposition à lui faire. Il y a un poste vacant au refuge que j'ai tardé à pourvoir car j'attendais le bon candidat, mais je crois l'avoir enfin trouvé.

— Je n'aurais pas imaginé plus beau cadeau de Noël pour Todd, répondis-je, mais tout en hochant la tête je résolus de ne rien dire à Todd ni à sa mère avant le 26; je voulais d'abord régler la question du retour de Noël.

Plus tard dans la matinée, le fourgon de Channel 5 réapparut dans notre allée pour tourner la suite du reportage sur le programme, avec les chiots cette fois. Brenda Lewis nous prit en photo, Todd, Mary Ann et moi, avec chacun un chiot dans les bras et sous le regard fier et parental de Noël et de Ruthie. Nous l'avons fait encadrer et elle trône aujourd'hui sur le manteau de la cheminée.

Quand l'équipe du journal eut terminé, elle partit tourner quelques images chez Hank où la cohabitation avec les deux chiens du refuge se déroulait visiblement très bien.

Le jour de Noël fut heureusement plus calme. Deux de mes petits-enfants téléphonèrent plusieurs fois à Todd pour lui raconter quelques anecdotes sur leurs chiens d'adoption, ce qui lui permit à son tour de les informer de nos récentes émotions. Malgré mes efforts, nous avions rejoint la liste des hurluberlus qui prétendaient avoir vu un couguar et ce, sans pouvoir fournir la moindre preuve, hormis les traces temporaires de teinture d'iode sur le poil de Noël.

Mary Ann réchauffa les restes de la veille pour le déjeuner, puis la journée fut consacrée à la détente, où nous ne fîmes guère plus que nourrir le feu, en profitant des rayons du soleil d'hiver qui pénétraient par la fenêtre et de la compagnie de nos hôtes à quatre pattes. Épuisés par les sensations fortes de la veille, nous nous autorisâmes même une petite sieste, avec Noël enroulé à nos pieds.

Le soir, Mary Ann et moi laissâmes aller nos têtes sur les oreillers et nos corps lourds et fatigués sur le matelas. Mary Ann se pencha vers moi et déposa délicatement un baiser sur ma joue.

– Joyeux Noël, George.

Je la gardai serrée contre moi, non seulement parce que j'aimais ma femme de tout mon cœur, mais aussi pour graver cet instant dans ma mémoire – celui de mon plus beau Noël.

– Joyeux Noël, Mary Ann.

– George ? demanda-t-elle à voix basse. Que vas-tu faire avec Noël demain ?

Je lui pris la main et lui caressai doucement les doigts.

– Je n'en sais rien, répondis-je en toute sincérité.

Annoncer à Todd que Noël pouvait rester avec nous était mon vœu le plus cher, mais je ne trouvai pas les mots pour expliquer à Mary Ann que ce que je voulais vraiment lui offrir allait au-delà d'un simple chien, que les plus beaux témoignages d'amour n'avaient pas toujours la forme d'un paquet emballé et livré. J'ignorais si elle pourrait accepter l'idée qu'il était préférable que les meilleurs cadeaux pour Todd lui soient confisqués, plutôt que donnés. Je savais exactement ce que j'avais à faire, mais pas comment procéder, ni si j'en avais véritablement envie. Lui laisser garder le chien était assurément l'option la plus facile.

C'était un de ces moments de profonde perplexité où un père se demande s'il doit rester sur ses positions ou reconnaître ses torts.

À mon réveil le lendemain matin, le sol avait gelé mais il faisait un temps clair et dégagé. En me rendant à l'étable pour les corvées matinales, je tombai sur Todd qui s'y trouvait déjà en compagnie de Noël, assis sur la chaise de jardin avec un chiot minuscule dans les mains. Notre petite ferme les avait tous réunis : Todd, Noël, Ruthie et les petits formaient une famille – pour le moment, du moins. Je n'avais pas le cœur de leur dire que ça n'allait pas durer ; je tournai les talons et regagnai la maison avant que l'un d'entre eux ne remarque ma présence.

Après le petit déjeuner, Todd vint me trouver.

— J'ai téléphoné à Hayley, elle va venir nous aider avec les chiots et Ruthie.

— C'est bien, Todd, répondis-je par-dessus mon journal.

— Papa ?

— Oui, Todd ?

J'appréhendais déjà la suite.

— Par rapport à Noël…

— Oui ?

— On est le 26, c'est aujourd'hui qu'on doit le ramener, lança-t-il tout de go, à ma grande surprise, sur un ton neutre. C'est comme ça que marche le programme, on ramène les chiens le 26.

Je jetai un œil vers Mary Ann qui tentait vainement de retenir ses larmes, dont quelques-unes roulèrent sur ses joues – je m'étais attendu à celles de Todd.

Bien que les choses ne changent jamais de manière aussi fulgurante, je sus à cet instant précis que Todd venait de faire un pas de géant vers l'âge adulte. Il avait appris une leçon essentielle : tenir parole, même si la raison de son engagement lui restait obscure.

— Tu as tout compris, fiston, dis-je en le prenant dans mes bras. C'est comme ça que marche le programme. C'est un bon programme, pas vrai ?

Hayley arriva en cours de matinée pour venir chercher Ruthie et les chiots. Todd alla l'aider mais personne, ni elle ni nous, n'aborda le sujet du retour de Noël. Pendant ce temps, je restai à l'écart, toujours incertain de ma décision, pestant contre moi-même et m'apitoyant sur mon sort. L'histoire se répétait : après Tucker et Good Charlie, j'allais une nouvelle fois perdre un chien auquel je m'étais attaché. Resté seul dans la grange, assis sur mon tabouret à traire, je ressassai; aucune alternative ne me satisfaisait.

Quand je rentrai à la maison, Todd m'attendait sous la véranda dans son jean bleu dépenaillé et ses tennis rouges; la radio allumée, il fredonnait à voix basse des airs de Noël. En me voyant arriver, il sourit, tapota Noël sur la tête puis lui attacha sa laisse avant de se diriger vers la camionnette. Sans opposer aucune résistance ni se plaindre, Noël sauta dans le véhicule et tous les deux attendirent patiemment tandis que je trifouillais dans mes poches à la recherche de mes clés, réfléchissant désespérément à un moyen raisonnable de nous épargner ce drame.

Le trajet fut interminable. Pas une seule fois Todd ne me demanda de reconsidérer notre arrangement. Il resta assis en silence avec ses écouteurs dans les oreilles, un bras protecteur autour de Noël.

Je n'avais jamais été aussi fier de mon fils, ni plus fâché contre moi-même : Todd était sur la voie de l'âge adulte, mais moi, sur quelle voie étais-je ? Dès notre arrivée au refuge, il sauta de la camionnette, suivi de près par Noël, mais en voyant mon hésitation, il repassa la tête par la portière.

— Ne t'inquiète pas, papa, je vais ramener Noël à ta place.

Puis il claqua la portière et s'éloigna en direction de l'entrée. Lorsqu'il ouvrit la porte, Noël s'arrêta et se retourna vers moi. Je me penchai au-dessus du siège passager et tendis le bras vers la poignée avec la furieuse envie de la tirer et de les rappeler pour mettre un terme à tout ceci, mais là encore je tâchai de me reprendre : j'avais demandé à Todd de se comporter en homme, il était hors de question de ruiner ses efforts, quoi que cela m'en coûte. Je restai donc à ma place et attendis, malheureux comme les pierres. Au bout de quelques minutes, Hayley et Todd franchirent la porte ensemble. Hayley contourna le véhicule pour être du côté conducteur, et je baissai la vitre.

— Ne vous faites pas de souci, M. McCray, assura-t-elle en me tapotant le bras. Nous prendrons bien soin de lui.

— Merci, répondis-je brièvement.

Constatant que Todd s'était déjà retranché dans son univers avec ses écouteurs dans les oreilles, je passai la marche arrière à contrecœur et pris la direction de la maison.

Dix fois peut-être je songeai à un endroit où faire demi-tour pour aller chercher le chien, malgré tout je continuai ma route vers l'ouest, jusqu'à ce que notre ferme apparaisse à l'horizon. Quelques jours encore, pensai-je, et tout serait rentré dans l'ordre.

Chapitre 11

Mary Ann s'efforça de faire preuve de patience avec moi. Elle savait que je n'œuvrais que pour le bien de Todd et non pour me faciliter la vie, il n'en resta pas moins pour autant qu'en dépit de ses efforts, la température à l'extérieur de la maison les jours suivants fut sans doute plus élevée qu'à l'intérieur, où il régnait un froid glacial. Todd appelait Hayley plusieurs fois par jour pour prendre des nouvelles de Noël et Ruthie ; tout allait bien.

Le 29 décembre, Hayley téléphona et demanda à me parler. J'imaginai que c'était au sujet du poste qu'elle avait évoqué mais j'essayai de ne pas trop m'emballer.

— Alors, Noël se porte bien, m'a-t-on dit ?

— Très bien, oui. Je voulais vous remercier, vous et votre famille, pour tout ce que vous avez fait. Le programme a été un véritable succès cette année. Les familles ont toutes été enchantées de leurs chiens et la moitié d'entre elles les ont même adoptés, ce qui signifie qu'on ne se sent plus à l'étroit au refuge.

— La moitié, vous dites ? répétai-je, déconcerté. Mais je croyais que la plupart des gens ramenaient leur chien, que c'était ainsi que marchait le programme ?

— Et c'est le cas. Nous ne voulons pas que les gens gardent un chien qu'ils ne désirent pas. En revanche, quand une famille apprécie un chien et qu'elle remplit nos critères de sélection, nous sommes heureux de le faire adopter.

Les paroles de Hayley me laissèrent pantois. Fixé sur la leçon que je voulais inculquer à Todd, il ne m'avait même pas traversé l'esprit que les gens veuillent garder leur chien ! Le retour de Noël au refuge n'en paraissait que plus cruel.

— J'avais tout faux alors, dis-je enfin.

— George, ce n'est pas une question d'avoir faux ou pas, mais de faire au mieux pour sa famille. Vous ai-je dit que nous pensons inclure les chats dans le programme l'an prochain ?

— Mmm..., marmonnai-je.

— D'ailleurs, je voulais vous parler au sujet de la place au refuge. Nous souhaitons l'offrir à Todd. Le salaire n'est pas mirobolant mais je suis sûr que ça lui plaira, il a un don avec les animaux, ils lui font confiance. Qu'en pensez-vous ?

Je fais un rêve éveillé, voilà ce que je pensais ! J'étais si heureux pour mon fils, si content que quelqu'un d'autre en dehors de sa mère ou moi reconnaisse son potentiel ! Depuis toujours, j'espérais que Todd aurait un jour un vrai travail, une vie un peu plus dans la norme. Je réprimai un cri de joie et souris à Mary Ann qui était restée dans la cuisine après avoir répondu la première au téléphone et qui m'observait d'un air intrigué, consciente de mon état d'excitation.

— Le refuge propose une place à Todd, chuchotai-je à son attention.

Pour la seconde fois en quelques jours, la pauvre se remit à pleurer.

— Quand peut-il commencer ? demandai-je à Hayley.

— Lundi matin, ce n'est pas trop tôt ?

— À quelle heure ?

— 7 h 45, ça devrait aller. Le refuge ouvre à 8 heures.

— Nous y serons ! Merci infiniment, Hayley.

— George, encore une chose…

— Oui ?

— Deux familles se sont proposées pour adopter Noël, et l'une d'entre elles affirme même qu'il s'agit de leur chien qui aurait fugué il y a plusieurs mois. Ils disent l'avoir reconnu grâce au reportage diffusé aux informations. Je leur ai dit que son adoption était momentanément suspendue pour laisser la priorité aux familles du programme. Qu'est-ce que je fais, je leur donne Noël ?

— Laissez-moi y réfléchir, Hayley, répondis-je, sentant mon exaltation retomber.

J'ignorais toujours quoi faire à ce sujet.

— Je vous laisse jusqu'à la fermeture à 17 heures, pas plus.

— Merci pour tout, Mary Ann et moi sommes très contents. Il n'y a pas une personne dans l'univers qui soit plus qualifiée pour ce travail que Todd, vous pouvez en être sûre. Vous ne serez pas déçue.

— Je n'en doute pas une seconde, George.

— Je vous tiens au courant pour Noël.

— Entendu.

J'étais dans un tel état d'euphorie en raccrochant que je ne savais comment réagir. Mary Ann et moi nous mîmes à sautiller de joie ensemble, jusqu'à ce que je ne puisse me contenir plus longtemps.

— Je te l'avais bien dit ! lançai-je.

Mary Ann me lâcha net.

— Que veux-tu dire ?

— Apprendre à Todd à se comporter en adulte en ramenant le chien, voilà ce que je veux dire. Ça a marché, tout s'est arrangé !

— George McCray ! Comment oses-tu t'attribuer le moindre mérite dans cette affaire ! C'est à Todd seul qu'il revient. Toi, tu n'es qu'un pauvre fou de ne pas avoir gardé ce chien !

Je pressentis qu'elle avait raison, mais rien n'étant plus exaspérant que d'être marié à quelqu'un qui a toujours raison, je m'emportai.

— En tout cas, ripostai-je, j'espère que le refuge n'aura pas besoin de quelqu'un qui sache monter plus haut que les deux premiers barreaux d'une échelle ou bien conduire au-delà de la première.

À peine les mots sortis de ma bouche, je sus que j'avais été injuste. Mary Ann, à raison, quitta la pièce comme un ouragan.

Refusant de laisser son indignation éclipser la mienne, je sortis moi aussi en claquant la porte de derrière. Après avoir fouillé en vain la cour à la recherche de Todd – probablement parti en exploration –, je décidai de rendre visite à Hank : j'étais certain qu'il se réjouirait pour Todd et, par ailleurs, il avait un don pour comprendre les choses – celles qui étaient trop complexes pour mon tabouret à traire.

Je le trouvai dans sa grange, occupé à faire ce qu'un fermier passe la majorité de son temps à faire : réparer les machines censées lui faciliter la vie. Il remplaçait les pignons usés d'un élévateur à grains tout en mâchonnant son bout de cigare éteint. On apprenait beaucoup de choses en restant près de Hank à lui tenir une clé. Je lui relatai notre aventure avec le couguar, qu'il entrecoupait ponctuellement de crachements et de petits rires.

— Un couguar, dis-tu ? interrogea-t-il d'un air sceptique.

L'entente avec le coohound s'était très bien passée, mais il avait ramené le second chien, estimant sûrement qu'un seul suffisait. D'après lui, Sally était le meilleur investissement qu'il avait fait depuis des années : de fait, il ne lui avait rien coûté !

— Vois-tu, Hank, repris-je pour ramener la conversation à Todd. Pour moi, aider mon fils à devenir responsable passe avant lui offrir un chien. De toute façon, grâce à cet emploi au refuge, il passera ses journées avec eux.

— Je comprends, George. Pourrais-tu me passer ce lubrifiant, s'il te plaît ?

Je lui tendis le produit qu'il vaporisa sur un écrou gelé de 2 centimètres qui était bloqué.

— Avec ce travail, continuai-je, Todd va dans la bonne direction. Mais pas si je cède.

Hank poussa un grognement et l'écrou se désolidarisa de son boulon.

— On dirait que tu essaies de te convaincre toi-même. Qu'est-ce qui te fait si peur ?

— De quoi parles-tu ? m'obstinai-je.

Devant mon air surpris, Hank dut se douter qu'il allait devoir insister pour se faire entendre.

— Ne crois-tu pas qu'il s'agit finalement davantage de toi que de Todd ?

— Quoi ? m'entêtai-je, en pleine confusion.

— Je me trompe peut-être, George, mais offrir ou non ce chien à Todd ne fera pas la moindre différence au final. En tout cas, pas pour lui. Par contre, ajouta-t-il en me regardant droit dans les yeux, c'est à toi que ce chien ferait du bien.

— Comment ça ?

— George, tu passes ton temps à prendre soin de tout et de tout le monde, c'est ton rôle de fermier. Tu t'occupes des clôtures, des animaux, du matériel, des cultures. Tu fais pousser la vie, comme ton père et ton grand-père avant toi. Tu es un bon fermier, un bon père et un bon époux. Et un sacré bon voisin, ajouta-t-il avec un petit rire. Le problème, c'est que tu as tellement l'habitude de donner que tu ne sais plus comment recevoir. Pour je ne sais quelle raison, ça te met mal à l'aise. Depuis que tu es rentré de cette guerre, George, tu refuses d'accepter quoi que ce soit des autres. Pourquoi ?

Il m'aurait frappé d'un coup de clé sur le crâne que je n'aurais pas été plus interloqué.

— En toute honnêteté, Hank, je n'ai jamais pensé que cela avait quoi que ce soit à voir avec moi.

Il grommela et cracha par terre un morceau de cigare mâché.

— Passe-moi cette brosse métallique qui est là-bas, tu veux bien ?

Il me tendit la clé en échange de la brosse.

— George, ça a tout à voir avec toi, et rien avec Todd, rentre-toi bien ça dans la tête.

Il cracha à nouveau et conclut :

— Mais j'imagine que je peux me tromper.

Nous savions tous les deux que ce n'était pas le cas. Je m'attardai encore un moment à lui tenir ses outils et à regarder son souffle se condenser dans l'air hivernal, et après lui avoir passé encore une brosse, un maillet et un tournevis, je décidai qu'il était temps de rentrer.

— Tu es sûr que tu ne veux pas rester pour prendre un café ? s'enquit-il.

— Non merci, j'ai une affaire de chien à régler.

— C'est bien, George, dit-il en me serrant le bras.

En voiture sur le chemin du retour, je pris ma décision : je devais trouver un moyen d'arranger les choses, sans transiger ni enseigner à Todd une leçon qui ne lui était pas nécessaire. Les paroles de Hank m'avaient inspiré.

À mon arrivée, je trouvai mon fils assis sous la véranda, les mains enfoncées dans les poches de son manteau tandis qu'il écoutait sa radio. Les jambes endolories, je descendis de la camionnette et m'avançai vers lui.

— Fiston, dis-je en m'asseyant à ses côtés. Pourrais-tu retirer tes écouteurs une minute ?

— O.K., papa.

— Hayley a téléphoné.

— Je sais, j'ai un travail. Je commence lundi.

Il me sourit et commença à remettre ses écouteurs.

— Todd, laisse ces écouteurs tranquilles, s'il te plaît. Puisque tu as un travail à toi maintenant, je me disais que j'allais peut-être me sentir un peu seul ici.

— C'est sûr, tu perds ton petit assistant.

— Tu es certain que ça te convient ?

— Aucun problème, répondit-il. Le refuge me paie plus que toi.

Il s'apprêtait une nouvelle fois à mettre ses écouteurs mais j'interceptai son poignet.

— Todd, tu sais que j'ai toujours dit que je ne voulais pas de chiens ?

— Oui.

— Depuis que nous avons eu Noël, je ne le pense plus.

— Je sais bien choisir, pas vrai ? observa-t-il avec le sourire.

— Que dirais-tu si je prenais un chien moi aussi, pour qu'il m'aide ?

— O.K., mais seulement si tu ranges ta chambre d'abord ! plaisanta-t-il en étouffant un petit rire, et je lui donnai un gentil coup de poing sur le bras.

— Je me disais que Noël serait peut-être un bon chien pour moi, qu'en penses-tu ?

Son visage afficha un air ahuri, trop pétrifié par l'euphorie pour afficher toute autre expression. Soudain il se leva d'un bond.

— Je vais chercher la laisse ! Toi, tu prends les clés de la voiture !

— Et aussi le collier ! ajoutai-je.

J'entrai dans la maison pour chercher Mary Ann que je trouvai dans la cuisine, en train de maltraiter avec son rouleau à pâtisserie une pauvre pâte à gâteau sans défense dont je ne pus m'empêcher de penser que les petits plis s'assimilaient dans sa tête aux traits de mon visage.

— Quoi ? demanda-t-elle sèchement en me voyant.

Todd arriva par-derrière et coinça sa tête au creux de mon bras, m'obligeant à le faire pivoter légèrement pour qu'il voie sa mère.

— Dis à ta mère ce que nous avons décidé.

— Papa a besoin d'un chien, maman, parce que j'ai trouvé un travail et que je ne peux plus l'aider avec les corvées.

Mary Ann nous étudia tous les deux d'un air soupçonneux.

— Tiens donc ! Et quand avez-vous décidé cela ?

— À l'instant, répondit Todd.

Je resserrai doucement l'étau de mon bras droit autour de sa tête.

— Et comment vas-tu dire à ta mère de quel chien il s'agit si je te chatouille comme ça, hein ? me moquai-je en lui frictionnant les côtes comme on gratte une guitare.

— Papa veut prendre Noël, maman ! annonça Todd en riant et en se tortillant. Ce sera son chien à partir de maintenant !

Pour la seconde fois de la journée, Mary Ann fondit en larmes, mais dans mes bras cette fois-ci.

— Oh, George, s'exclama-t-elle en me couvrant de baisers. Tu as enfin compris que c'était toi qui avais besoin de ce chien !

— Eh oui, c'était moi.

— Eh bien, ne reste pas planté là ! Cours en ville !

Je bus une grande lampée d'eau dans la timbale en fer que je gardais près de l'évier, souris à Mary Ann et poussai Todd vers la porte.

Chapitre 12

Même si Mr Conner estimait fort peu probable que le chien aperçu à la télévision soit Jake, il ne se serait jamais pardonné de ne pas entreprendre l'heure de route qui le séparait du comté de Cherokee pour en avoir le cœur net. Ses enfants et ses petits-enfants avaient été catégoriques : c'était bien Jake qu'ils avaient vu. Et il avait eu beau leur expliquer que le comté de Cherokee se trouvait à plus de quatre-vingt-dix kilomètres et qu'il était rare que les chiens domestiqués s'aventurent aussi loin, ils avaient juré leurs grands dieux qu'il s'agissait bien de Jake. Lui était plutôt enclin à croire qu'ils prenaient leurs désirs pour la réalité, car enfin, leur dit-il, les gros chiens noirs sont plutôt communs ; mais pour satisfaire sa propre curiosité, il irait quand même vérifier. Le pire qu'il risquait, après tout, c'était une balade tranquille à la campagne.

Il sourit en repensant à ce vieux Jake. Ce dernier s'était fourré dans un drôle de pétrin cette fois-ci : réussir à passer à la télévision, a fortiori *en champion d'une noble cause, quel autre chien aurait pu réaliser ce tour de force ? Et sa nouvelle famille, pourquoi l'avait-elle rendu au refuge ? La directrice, Hayley, avait dit que la famille d'accueil voulait régler quelques détails avant de se décider définitivement, mais que dans le cas d'une réponse négative de leur part, il pourrait venir récupérer le chien dès l'heure de fermeture officielle, à 17 heures. Il pouvait se présenter n'importe quand jusqu'à 17 h 30, car le personnel restait pour nourrir les animaux et préparer la fermeture pour la nuit.*

D'après elle, une autre famille était elle aussi intéressée par Jake, mais s'il s'agissait bien de Jake, il aurait assurément la priorité, en tant qu'ancien propriétaire du chien. Il consulta sa montre ; il était encore tôt mais ce n'était pas grave, il pourrait ainsi procéder à l'identification et, dans le pire des cas, rentrer à la maison avant le début des embouteillages.

Il mit son clignotant et dépassa le vieux pick-up Ford marron qui roulait devant lui à très faible allure. Les distances entre les habitations étaient impressionnantes, et il se demanda comment les gens de la campagne s'en sortaient sans épicerie, ni club vidéo, ni café, ni laverie automatique, ni traiteur à emporter à proximité.

Vers 16 h 30, il pénétra dans le haut lieu du comté de Cherokee : une petite ville baptisée

Crossing Trails dont la rue principale – et il ne put s'empêcher de rire – s'appelait effectivement « Rue du Centre ».

Il chercha à tâtons le papier avec l'adresse du refuge et déduisit rapidement qu'il lui fallait traverser la place et tourner sur Prairie Center Road en direction du sud. Lorsque le feu passa au vert, il avança en essayant de déchiffrer les plaques décrépites des noms de rues, et sitôt repérée Prairie Center, il prit à droite. Quatre kilomètres plus loin à peine, la chaussée céda la place au gravier. Il consulta une nouvelle fois sa montre – 16 h 40. La route lui fit traverser un quartier plus que modeste jusqu'à ce qu'il aperçoive enfin un vieux bâtiment dont le panneau indiquait clairement « Refuge pour animaux du Comté de Cherokee ».

Enfin il allait être fixé. Sans oublier son portefeuille et ses clés, il sortit de la voiture et s'avança vers la porte d'entrée. À l'intérieur, l'accueil était envahi de meubles de bureau vieillots. Ne trouvant personne pour le renseigner, il poussa une porte battante et se retrouva dans la pièce destinée à accueillir les animaux où deux employés du refuge semblaient plongés dans une discussion animée. Conner s'approcha et attendit une accalmie pour les interrompre.

Chapitre 13

— Todd, c'est toi qui conduis cette fois-ci, annonçai-je en lui remettant les clés du pick-up. Maintenant que tu as un emploi, il faut que tu pratiques davantage pour pouvoir te rendre seul au travail. Je ne peux pas te conduire tous les jours.

— Sérieusement ? demanda-t-il.

— Absolument ! Tu es un fonctionnaire du gouvernement désormais, tu vas peut-être même gagner suffisamment d'argent pour t'acheter ta propre voiture, qui sait ?

— Est-ce que je devrai rester en première durant tout le trajet ?

— Mais non, dès qu'on aura passé la colline, on sera hors de vue et tu pourras passer en seconde.

Dans ma précipitation à vouloir que Todd grandisse, je n'avais peut-être pas choisi le meilleur moment pour une leçon de conduite. Certes, il avait passé sa conduite accompagnée quelques années plus tôt, contre l'avis de sa mère, et je l'avais déjà fait conduire sur la nationale, mais il n'avait pas son permis définitif. En outre, se concentrer sur sa conduite tout en ayant l'esprit occupé par cette affaire de chien semblait lui poser quelques difficultés ; plus d'une fois, il me fallut attraper le volant pour nous éviter de dévier sur la voie d'à côté.

— Todd, je pense qu'il va falloir que je te donne plus de leçons.

— Ah bon, papa, tu crois ?

— Tu dois rester sur ta file, c'est très important.

— Il y a une voiture derrière moi.

Je me retournai et constatai qu'une Ford rouge avait décidé d'emprunter la nationale précisément ce jour-là. Je fis signe au conducteur de passer et il nous doubla, se demandant certainement pourquoi diable nous roulions à cette allure. Puis le véhicule, dont les autocollants émanaient d'un autre état, nous distança.

En entrant dans Crossing Trails, Todd s'arrêta comme il faut au feu rouge puis bifurqua en direction du refuge.

— Tu te débrouilles très bien, Todd. Tu es un bon conducteur, et prudent avec ça. Ta mère serait fière de toi, tout comme je le suis.

— Et je n'ai jamais eu d'accident, précisa-t-il fièrement.

Je réprimai un éclat de rire.

— Très juste ! Tu as fait un parcours sans fautes, on continue comme ça, d'accord ?

Seules quelques voitures étaient garées sur le parking du refuge, mais deux éléments attirèrent mon attention : la Ford rouge qui nous avait dépassés était là elle aussi, ainsi qu'une grande cabine de chantier qui se dressait à présent aux limites du parking.

Todd n'eut aucune difficulté à manœuvrer la camionnette. Il était 16 h 40, nous étions largement en avance. N'ayant rencontré personne à l'entrée, nous nous dirigeâmes directement vers la pièce de détention. Hayley et Jennifer, une employée à temps partiel, étaient engagées dans une discussion qui, à les voir et à les entendre, semblait tendue. Debout à leurs côtés, un homme d'âge mûr gardait le silence ; lui non plus ne semblait pas de bonne humeur. Nous nous approchâmes de l'allée centrale.

— Comment ça, il s'est échappé ? interrogea Hayley.

— Je vous avais dit hier qu'il fallait réparer la clôture, se défendit Jennifer.

— Justement, je pensais que vous alliez vous en charger !

— Avec les fêtes, je n'ai pas réussi à trouver un professionnel disponible.

Jennifer et Hayley aperçurent Todd qui approchait, et la première s'enfuit dans le couloir, en larmes.

— Que s'est-il passé ? demandai-je, avec un mauvais pressentiment.

— Il y avait une trouée dans la clôture. Noël s'y est faufilé et s'est enfui.

Étant donné les circonstances, je ne comprenais pas ce qu'elle faisait encore là.

— L'avez-vous appelé ? On pourrait partir à sa recherche avec la camionnette ?

Hayley secoua la tête.

— Jennifer le cherche et l'appelle depuis 14 h 30, elle était si bouleversée qu'elle n'osait pas me le dire. Cela fait plusieurs heures maintenant, il peut être n'importe où.

L'inconnu fit un pas en avant en levant le bras.

— Pardonnez-moi, mais est-ce le chien qui s'est enfui ?

Nous regardâmes tous les trois la photo qu'il tenait à la main, sur laquelle je crus reconnaître Noël.

— C'est Noël, affirma Todd d'emblée.

L'homme laissa échapper un soupir d'exaspération.

— Lorsqu'il vivait avec nous, nous l'appelions Jake. Nous avons compris très tôt qu'aucune clôture ne pouvait le retenir. Quand Jake a décidé de partir, il part.

— Jake ? répétai-je.

— C'était son nom chez nous. Bill Conner, annonça-t-il en me tendant la main.

Je lui serrai la main et me présentai à mon tour, ainsi que Todd.

– Nous l'avons accueilli pour les fêtes de Noël et venions l'adopter pour de bon. Nous ignorions qu'il avait des maîtres.

– Jake est une sorte de vagabond, il va où le mènent ses envies. Quand il vivait à la maison, il disparaissait souvent plusieurs jours et revenait sans crier gare, une fois ses petites affaires réglées.

– Il ne faisait pas ça avec nous, riposta Todd.

Bill Conner enfonça ses mains dans ses poches.

– En ce qui me concerne, Jake n'appartient à personne. Tôt ou tard, il finit par s'en aller. Un chien comme lui, on ne peut pas simplement le choisir et penser le garder : c'est lui qui vous choisit, c'est ainsi qu'il fonctionne. Il a peut-être décidé d'avoir deux familles.

Il accompagna son sourire d'un haussement d'épaules, comme pour signifier qu'il acceptait cet état de fait, sans l'apprécier pour autant.

– Jake a sans doute de nouvelles affaires en cours, conclut-il.

Un silence s'ensuivit, interrompu par Todd :

– Noël a été un bon chien pour nous, objecta-t-il, l'air quelque peu offensé.

Pour moi, c'était plus qu'un euphémisme.

– Je suis profondément navrée, croyez-le bien, dit Hayley. Si jamais Noël réapparaît, nous préviendrons vos deux familles et nous tenterons de trouver une solution ensemble.

Todd posa une main sur l'épaule de Hayley.

— Ne vous inquiétez pas, fit-il d'une voix qui se voulait rassurante pour nous tous. Noël sait prendre soin de lui-même.

Chapitre 14

Nous quittâmes le parking du refuge sous une légère averse de neige – même s'il faisait trop doux pour qu'elle tienne –, le ciel gris offrant à ma déception une toile de fond idéale. Todd, qui devinait sans doute derrière mon silence ma contrariété et mon inquiétude, ne cessait de répéter : « Ne t'en fais pas, papa, tout ira bien. » Qu'il réagisse mieux que moi était une vraie surprise.

Lorsque nous tournâmes dans l'allée au terme d'un long trajet quasi silencieux, Mary Ann nous attendait. Je redoutais de lui apprendre la nouvelle mais à peine fus-je sorti du pick-up qu'elle me serra dans ses bras.

— Je suis désolée, George !

— Qui te l'a dit ?

— J'ai appelé le refuge, je voulais te dire de racheter de la nourriture pour chien. Hayley m'a tout raconté.

— Ce n'est pas grave, c'est probablement mieux ainsi, assurai-je.

Je me mis à ramasser sur la banquette arrière le collier, la laisse et la balle de tennis jaune.

— J'imagine que nous n'avons plus besoin de tout ça ! grognai-je en jetant le tout à terre, avant de tourner les talons en direction de la grange.

Todd m'emboîta le pas, mais sa mère le rappela aussitôt.

— Todd, rentre à la maison avec moi, je crois que ton père a besoin d'un peu de temps seul pour réfléchir.

Dans l'étable, le tabouret à traire m'attendait.

Mary Ann ne s'était pas trompée. Je m'étais grossièrement fourvoyé dans cette affaire et comporté comme un idiot ; résultat, il s'était produit précisément ce que j'avais redouté – mais par ma seule faute cette fois-ci. J'avais été moi-même l'artisan de mon pire cauchemar. Tout le monde a un point faible ; j'imaginai que le mien, c'était les relations animales. Je levai les yeux vers le collier de mon vieux Tucker accroché au mur et résolus de le jeter à la poubelle. C'en était fini des chiens, et pour de bon !

Si Bill Conner avait vu juste à propos de Jake, cela revenait au même de toute façon : si l'animal se laissait porter par ses envies, il serait parti à un moment ou à un autre. Je lui enviais son indépendance, même si je trouvais difficile de croire que Noël puisse un jour quitter notre ferme : dès le départ, il avait semblé si à l'aise avec nous – et nous avec lui.

Je poussai un profond soupir. Pour ne rien arranger, ma jambe me lançait. Je m'efforçais de déplacer mon poids sur mon autre jambe pour améliorer ma position lorsque j'entendis un bruit. *Bong… bong… bong…* Mon corps se raidit et mes poils se hérissèrent au souvenir encore frais du couguar, mais avant que je ne puisse identifier le son, une balle de tennis jaune roula au pied de ma jambe malade.

Je ramassai la balle et pivotai vers la porte pour la renvoyer à Todd, mais ce n'était pas lui qui se tenait dans l'embrasure, encadré par les derniers rayons du soleil dans son dos et les flocons de neige qui tombaient sur lui telle une armée de minuscules parachutistes : c'était un chien nommé Noël. À voir la façon dont il remuait la queue, on aurait dit qu'il n'était jamais parti.

— Viens là, mon chien ! criai-je. Viens !

Noël hésita une seconde puis galopa vers moi.

Je me levai de mon tabouret pour le recevoir, mais de joie il me fit basculer à la renverse et atterrir par terre sur les fesses, où je le serrai dans mes bras en enfouissant ma tête dans ses poils frais qui sentaient bon l'hiver. Mon sourire à ce moment-là, j'en suis sûr, devait surpasser celui de Todd un jour de peinture au printemps, ou d'exploration de la crique, ou d'écoute musicale. Comme j'avais hâte de lui montrer *mon* chien !

– Tu vas chercher la balle? demandai-je dans un râle, dû à la raideur de ma jambe qui entravait ma station debout.

Noël agitait la queue : il nous avait clairement choisis, de la même manière que nous l'avions choisi. Rassemblant toutes mes forces, je lançai la balle dans l'air froid du dehors. Noël aboya deux fois et décampa par la porte de l'étable.

Après un second effort, je parvins à me lever. Mon grand-père, me rappelai-je, avait l'habitude d'accrocher son tabouret à un clou au mur, aussi je soulevai le siège et le retournai : une petite lanière de cuir usé était fixée en dessous. Je pendis le tabouret à son clou et rentrai annoncer la bonne nouvelle à Mary Ann et à Todd, en espérant qu'il s'écoulerait longtemps avant que j'aie à nouveau besoin de mon tabouret de méditation.

– Mary Ann, Todd, venez voir, vite ! hurlai-je en atteignant la porte de derrière.

Noël accourut de derrière la maison avec la balle dans la gueule. Je la relançai aussitôt et il disparut derrière l'étable.

Mary Ann et Todd se ruèrent dehors, manquant trébucher sur la véranda.

– Que se passe-t-il? s'enquit Mary Ann d'une voix inquiète.

— Je sais comment faire revenir Noël.

— Comment ? interrogea Todd.

— Facile. J'ai lancé une balle, il va me la ramener.

— Pardon ? fit Mary Ann.

Pile au bon moment, Noël surgit de derrière l'étable avec la balle dans sa gueule et bondit sous la véranda.

— Vous voyez, ça a marché, observai-je nonchalamment, avec un haussement d'épaules.

Noël était rentré à la maison, pour de bon cette fois. Les retrouvailles avec Mary Ann et Todd ne furent pas moins euphoriques que les miennes, même si Mary Ann ne put se retenir de lui tirer gentiment les oreilles en le réprimandant :

— Partir sans même laisser un mot ! Tu n'as pas honte !

Quand l'excitation du moment fut retombée, je téléphonai à Hank pour le prévenir que tout était arrangé et le remercier pour son aide éclairée. Mais une seconde surprise m'attendait.

— George, dit-il, avec cette assurance que j'admirais tant chez lui. Je ne vais pas en rajeunissant, tu sais.

— Ça ne se voit pas.

— Il est grand temps pour moi de penser à ce que je vais laisser derrière moi. J'ai envoyé une entreprise en bâtiment sur le site du refuge pour animaux du comté de Cherokee. Cet endroit est dans un état lamentable, mais plus pour longtemps.

– Je te fais confiance pour ça, Hank. Quand tu entreprends quelque chose, tu le mènes jusqu'au bout.

C'était donc l'explication à la présence de cette cabine de chantier sur le parking. Hank n'avait pas perdu de temps pour venir en aide aux chiens du comté.

Plus tard ce soir-là, assis devant les braises mourantes du feu, je reposai mon journal sur mes genoux et fermai les yeux, tendant le bras pour caresser mon chien en me régalant du fouettement de sa queue sur le sol. Je pouvais presque entendre Mary Ann plaisanter : « Alors, George, quand est-ce que Noël se termine ? »

J'esquissai un sourire tout en continuant de caresser le chien et m'adressai dans un murmure à ma femme, à mes enfants, au monde entier :

– Tant que l'on fera de la place aux autres dans son cœur, l'esprit de Noël continuera d'exister.

Note de l'auteur

La semaine du 17 octobre 2002, un couguar fut tué sur la nationale aux abords de Kansas City. D'après les conclusions de l'expert, l'animal n'avait jamais vécu en captivité. On continue de recenser de nombreux témoignages dans la région.

Remerciements

Le novice que je suis n'avait jamais pensé à toute l'aide et au temps qu'il allait lui falloir pour mener à bien son projet d'écriture. Ce livre n'est pas l'œuvre d'un seul auteur : chacune de ses lignes, chacune de ses pages est le fruit d'une collaboration. Cette aventure a débuté il y a presque dix ans sous la forme de cinq pages dactylographiées soumises à ma famille et à quelques amis à l'occasion des fêtes de Noël. Leur soutien et leurs conseils donnèrent naissance à une seconde version, plus longue, que je partageai avec eux le Noël suivant, et tous m'encouragèrent à tenter de me faire publier. Grâce à l'aide compétente de Jean Lucas, une éditrice *free lance* de ma région, mon histoire fut soumise au magazine *Capper's* qui la publia en tant que nouvelle à l'automne 2003. Plusieurs années plus tard – j'avais entre-temps écrit un autre roman, qui n'a jamais quitté son tiroir – je rencontrai

Jonathan Clements et Taylor Joseph chez Nashville Agency. Convaincus du potentiel de mon récit comme cadeau de Noël idéal, ils permirent, par leurs conseils avisés, à mon manuscrit de se retrouver sur le bureau d'Andrew Corbin chez Doubleday, lequel fut immédiatement enthousiasmé par le concept. Andrew me demanda toutefois si quelques changements étaient possibles, et c'est armé de ses excellentes suggestions que je me remis à la tâche. Un mois plus tard, je représentai mon travail à Doubleday et attendis, nerveux, l'appel d'Andrew. Sa réponse fut prompte : « J'adore ! Mais deux fois plus long, c'est possible ? »

Je me remis donc au travail. Heureusement pour moi, Andrew m'affecta quelques renforts. Avec Becky Cabaza, c'est une véritable pro que j'eus à mes côtés. Becky guida ma plume jusqu'à la version définitive, m'aidant à parfaire la trame sans exiger, grâce lui soit rendue !, que je la rallonge de la moindre page ! À Jean, Jonathan, Taylor, Becky et le reste du personnel si qualifié de chez Doubleday, mes plus vifs remerciements pour avoir rendu ce livre possible.

Comme si toute cette aide si précieuse ne suffisait pas, d'autres personnes encore apportèrent elles aussi leur contribution. Mon associé et ami, Joe Norton, consacra des heures à la lecture de chaque version, m'offrant ses commentaires et son soutien. Mon père, Rod Kincaid, et ma conseillère, Martha Huggins, réglèrent des détails juridiques auxquels je ne comprenais rien. Et surtout, je voudrais citer et adresser un remerciement spécial à ma femme, Michale Ann, qui ne m'a jamais poussé qu'à donner le meilleur de moi-même.

Cette histoire est née de mes souches rurales dans une ferme du Kansas. Je remercie mes ascendants grâce à qui elle a pu voir le jour et espère, chers lecteurs, que vous aurez autant de plaisir à la lire que j'ai pu en avoir à l'écrire.

Greg Kincaid
Olathe, Kansas

Remerciements particuliers

Je souhaiterais adresser mes remerciements particuliers au refuge pour animaux d'Olathe, et plus particulièrement à Todd Kuhn, Carol Falkner et Maggie, sa chienne, une ancienne pensionnaire. Au cours de mes nombreuses visites de refuges dans le cadre de mes recherches, j'ai été impressionné par le dévouement des employés et l'accueil toujours avenant de tant de chiens si merveilleux. À chacun des chiens qui m'a fait partager son histoire, un grand merci également.

Cet ouvrage a été composé et imprimé par

CPI
Firmin Didot

Mesnil-sur-l'Estrée

en novembre 2009

Dépôt légal : novembre 2009
N° d'édition : 413/01 – N° d'impression : 97206

Imprimé en France